포레스트 웨일 공동 작가

반짝이는
여름의 조각

명랑소녀 | 이겸 | 꿈꾸는 쟁이 | MOLee | 서연 | 헬리아
전갈마녀[조해원] | 삼육오이사 | 장순혁 | 강단교 | 소연 | 바지사자
글ㄱ립 | 김예빈 | 백현기 | 다희 | 임만옥 | 윤서현 | 김미영 | 조현민
이연화 | 주변인 | 김감귤 | 이상현 | 류광현 | 통네파학뱀 | 안세진
lilylove | 여성예 | 이새은 | 최이서 | 장하율 | 다래 | 전우리 | 신윤호
한민진 | 사랑의 빛 | 윤슬인 | 오은총 | 박지연 | 김채림(수풀)
강대진 | 닌자토깽이 | 루시아(혜린) | 지은경 | 김은경 | 김종이
윤현정 | 문병열

FOREST
WHALE

차례

필명	여름	페이지
1. 명랑소녀	시원한 여름바다	11
1. 이겸	둥둥	12
1. 꿈꾸는 쟁이	여름	13
1. MOLee	녹음이 짙어지고 있다	14
1. 서연	나에게 여름이란	15
1. 헬리아	여름은 나를 지치게 하지만	16
2. 헬리아	소나기	19
1. 전갈마녀[조해원]	그해 여름, 그날의 태양	22
2. 전갈마녀[조해원]	다시, 여름	24
1. 삼육오이사	인어의 여름	25
2. 삼육오이사	굽히지 않는 반죽들의 대서사시	27
1. 장순혁	한여름 밤, 불꽃놀이	29
1. 강단교	여름, 그리고 그대	31

1. 소연 　　　　사랑의 계절 　　　　33

2. 소연 　　　　영원을 품은 산책 　　　34

1. 바지사자 　　초여름 밤 　　　　　35

1. 글그림 　　　여름 능소화의 화장법 　36

2. 글그림 　　　어름별은 위로 자라 봄꽃 　38

1. 김예빈 　　　여름의 너와 나 　　　40

1. 백현기 　　　Take off 　　　　　42

2. 백현기 　　　플라타너스 　　　　45

3. 백현기 　　　선물 　　　　　　46

1. 다희 　　　　한여름 뒤 　　　　47

1. 임만옥 　　　민들레 　　　　　48

2. 임만옥 　　　라일락 　　　　　50

1. 윤서현 　　　후회를 담은 여름은 춥다 　52

2. 윤서현 　　　여름 앞에서 　　　　54

1. 김미영 　　　너는, 여름 　　　　56

1. 조현민	장마	58
1. 이연화	우리가 별이었을 때	61
2. 이연화	너라는 계절	63
1. 주변인	올해의 여름	67
1. 김감귤	'여름'이라는 이름을 불러보다가	68
1. 이상현	하지 못했던 말	70
1. 류광현	행복한 여름밤	72
2. 류광현	여름밤 그 후.	74
1. 동네과학쌤	30대의 여름	76
2. 동네과학쌤	20대의 여름	82
1. 안세진	한여름 밤의 남이섬 추억	88
2. 안세진	여름의 작은 섬	94
1. lilylove	장마	96
2. lilylove	여름의 시간	97
1. 여성예	서른여덟, 내 안의 윤슬, 아직 빛나는	99
1. 이새은	여름	106
2. 이새은	아이스크림	107
3. 이새은	한여름	108

1. 최이서 초록의 계절 109

1. 장하율 청아한 여름 111

2. 장하율 무더운 여름의 얼음 113

1. 다래 비 온 뒤 맑음 114

2. 다래 열대야 116

1. 전우리 풋풋한 여름 118

2. 전우리 여전히 여름 짝사랑 중 119

3. 전우리 수수한 이름 120

1. 신윤호 여름밤, 나라는 별 121

1. 한민진 여름이 오면 123

1. 사랑의 빛 여름의 청명이

전해온 메시지 124

2. 사랑의 빛 엄마의 여름을 부탁해 126

1. 윤슬인 여름이라는 계절처럼,

지금 나는 피어나고 있다 128

1. 오은총 계절성 우울증 134

2. 오은총 습한 기후 141

1. 박지연 아이스크림 143

2. 박지연 다이어트 145

필명	반짝이는	페이지
2. 명랑소녀	반짝이는 별들	149
2. 이겸	막막한 불빛	150
3. 이겸	낮별	152
1. 김채림(수풀)	장미꽃 한 송이	153
3. 헬리아	반짝이는 반딧불	154
3. 전갈마녀[조해원]	널 만나러 가는 길	157
2. 강단교	별 담은 소쿠리	158
2. 바지사자	유리병	159
3. 바지사자	별을 품은	160
3. 글그림	반짝이는 것들은 모두 별이라 부를 수 있을까	162
2. 김예빈	반짝이는 너는	165
1. 강대진	빛이나는 반짝이는	167

2. 강대진　　　반짝이는 빛이 있음을　　　169

2. 다희　　　　바다　　　　171

3. 다희　　　　빛난다는 건,　　　172

3. 임만옥　　　이십 대의 어름　　　173

3. 윤서현　　　고해성사　　　179

2. 김미영　　　반짝이는 내 인생　　　181

3. 김미영　　　반짝이는 빛이 되어　　　183

2. 조현민　　　대학교 축제　　　185

3. 이연화　　　반짝이는 별이 되었다　　　188

1. 루시아(혜린)　　　___에게.

　　　　　　　('___'에 자신의 이름을 넣어주세요.)　　　190

2. 주변인　　　반짝이는 존재　　　192

3. 주변인　　　반짝이는 너　　　195

2. 김감귤　　　반짝이는 조약돌의

　　　　　　　눈부심처럼　　　197

3. 김감귤　　　반짝반짝 반짝이는 마음에는

　　　　　　　희망을 담아볼까?　　　198

2. 이상현　　　변하지 않는 모습　　　200

1. 닌자토깽이　　반짝이는 우주　　　202

2. 닌자토깽이　　반짝 반짝 빛나는　　　203

3. 류광현　　　별들의 속삭임　　　205

3. 안세진　　　여덟 가지 반짝이는

　　　　　　　여름의 조각들　　　207

3. lilylove　　　반짝이는 건.　　　214

2. 여성예　　　더운 여름날, 엄마의 미숫가루에

　　　　　　　담긴 사랑　　　215

3. 동네과학쌤　　10대의 반짝임　　　222

2. 최이서　　　별이 흐르는 밤　　　227

3. 최이서　　　행복 나비　　　229

1. 지은경　　　다시 반짝이는 나에게　　　231

3. 장하율　　　반짝이는　　　237

2. 신윤호　　　그 사이의, 반짝임　　　239

1. 김은경　　　호수　　　241

2. 김은경　　　모래알의 연주　　　242

3. 사랑의 빛　　　반짝이는 시선　　　243

1. 김종이　　　해　　　246

2. 윤슬인　　　작디작은 반짝임이지만…　　　248

3. 박지연　　　넌 네게　　　254

1. 윤현정　　　눈동자　　　255

1. 문병열　　　반짝이는 말　　　256

포레스트 웨일

공동 작가

여름

시원한 여름바다

바닷가에서의
여름은 시원히다

벤치에 앉아
아이스크림과 함께
먹고 도시락을 먹고 하면

여름의 추억은
정말 시원한 여름이구나

덥고 할지라도
그 안에 공기는 따뜻함이
돌고 돈다

둥둥

바다에 다녀왔어,

물을 무서워하는 나를
발이 닿지 않는 곳으로 밀어버린 널 원망했지.

곧 깨달았어

다시 돌아오는 방법을 알려주고
초조해하는 날 기다려 준 널 고마워하게 됐어.

내 마음도 둥둥,
널 향해 흘러가고 있어

여름

여름에 그칠 줄 모르는 장대비는
마치 슬픔으로 가득 찬 내 마음을 안다는 듯이
나를 대신해 흘리는 눈물 같고

여름의 긴 가뭄은
곪고 곪은 수 많은 상처들로
메말라 버린 내 마음 같고

무섭게 불어닥치는 여름 태풍은
나를 향해 쉴 새 없이 몰아치는
고난의 폭풍 같고

한여름의 찜통더위는
숨이 턱턱 막히는 내 삶 같네

녹음이 짙어지고 있다

마로니에 잎새가 빛난다.
아이는 훌라춤을 추는 여인들의 치마를 떠올리고,
난 갈참나무 잎새를 엮어 모자도 만들 수 있음을 이
야기한다.
"아, 정말 시원하고 예쁜데,
맞아, 인디언들의 치마가 될 수도 있을 이야기,
훌라춤을 추는 정열의 여인들은 여름을 닮았다.
갈참나무잎을 이어 만든 모자로
미스 사이공을 떠올릴 수도 있을 것인가?
아마도 4, 5월에 칠엽수 꽃이 피는 건 아닐까?
무드등을 환하게 켜 놓은 듯한 느낌,
여름과 마로니에가 빛나고 있다.
녹음이 칠엽수잎들로 짙어지고 있다.

나에게 여름이란

나에게 여름이란 추억이 담긴 계절이었다
마지막으로 너와 함께했던 계절이었기 때문이었다.
너의 웃는 미소는 참 여름을 생각나게 해준다.
너와 함께했던 여름에서 수많은 추억과
함께 여름은 나에게 뜻깊은 계절로 묻혀진다.
날이 갈수록 너와 함께할 시간이 멀어지고 있지만
나는 여름을 생각하면 너를 생각해
나에게 빛나던 여름의 추억인 너와 함께했던 시간아
여름이 다가오면 여름 안의 추억으로 기억해 줘.

여름은 나를 지치게 하지만

여름은 열이 많은 나에게 반갑지 않은 계절이다.

그렇다고 싫은 건 아니다.

나는 여름을 좋아하면서도 늘 경계한다.

햇빛이 뜨거워질수록, 내 몸은 점점 둔해지고, 마음은 자꾸 안으로 숨는다.

유독 땀이 많아서 금세 옷이 젖고, 얼굴이 달아오르고, 피부는 쉽게 지친다.

나는 여름 속에서 쉽게 지쳐간다.

그래서 여름은, 나에게는 조금 불공평한 계절이다.

하지만 그렇다고 미워할 수는 없다.

여름은 내가 살아 있다는 걸 가장 명확하게 알려준다.

팔에 맺힌 땀방울, 축축한 등줄기, 그 위로 부는 뜨거운 바람.

이 모든 것이 나의 체온과 함께 움직인다.

나는 여름 안에서 내 몸을 느끼고, 내 생을 실감한다.

땀을 많이 흘리는 사람은 감정을 오래 품지 못한다.

그건 내 오랜 지론이기도 하다.

속상해도 오래 가지 않고, 분노도 금세 식어버린다.

울컥해도 한숨 쉬고 물 한 모금 마시면 다 녹아내린다.

여름은 그런 나의 리듬과 닮아 있다.

뜨겁고, 빠르게 달아오르고, 금세 스러지는 감정의 구조.

그래서 여름이 완전히 낯설지는 않다.

조금 벅찰 뿐이다.

사람들은 여름을 활동의 계절이라 부른다.

야외에 나가야 하고, 바다에 가야 하고, 어디론가 떠나야 한다고 말한다.

하지만 나는 반대다.

여름이 오면 더 안으로 숨고 싶어진다.

햇빛이 강할수록 커튼을 더 단단히 치고,

세상이 시끄러울수록 조용한 책장을 넘긴다.

그런데도, 여름이 싫지만은 않은 이유는 그 안에 숨겨진 작은 반짝임들 때문이다.

소금기 섞인 바람, 비에 젖은 골목, 아이스크림을 손에 쥔 채 웃는 아이.

그 짧고 사소한 장면들이 땀에 찌든 하루를 위로해준다.

마치, 여름은 나에게 매번 묻는 것 같다.

"그래도, 지금 이 계절을 사랑할 수 있지 않겠느냐"고.

나는 매번 망설이다가 결국 고개를 끄덕인다.

땀이 나도, 지쳐도, 어쩐지 여름은 삶 그 자체 같아서.

숨 막히는 더위 속에서도, 나는 여전히 살고 있다는 감각을 잃지 않게 해주니까.

어쩌면 여름은 나를 지치게 하면서도 동시에 나를 살아 있게 하는 계절이다.

그게 바로, 내가 여름을 완전히 미워하지 못하는 이유다.

소나기

소나기가 쏟아졌다.

나는 그날, 우산 없이 거리를 걷고 있었다.

무거운 하늘과 뺨을 때리는 빗줄기 사이에서

머릿속은 하얗고, 발걸음은 점점 느려졌다.

모든 것이 젖고, 마음도 따라 축축해졌다.

비를 피할 곳도, 비를 함께 맞아줄 사람도 없던 그때.

등 뒤에서 느껴진 기척.

그리고 말없이 내 손에 쥐어진 우산 하나.

나는 놀라 고개를 들었고,

그는 잠시 눈을 마주한 뒤

아무 말 없이 돌아섰다.

우산을 씌워준 것도 아니고,

함께 걷자 말한 것도 아니었다.

그저 우산 하나를, 내 손에 쥐여주고 떠났다.

나는 서 있었다.
그가 걸어가는 뒷모습을 바라본 채,
한동안 우산을 펴지도 못하고,
그 자리에 그대로 얼어 있던 시간.
비는 계속 내렸지만,
그 순간만큼은 내 안에서
무언가 조용히 멈춰 있었다.

고맙다는 말, 하지 못했다.
왜 그랬는지도, 누구였는지도 묻지 못했다.
그저 그 손의 온기만이,
빗물에 뒤섞여 내 손바닥에 남아 있었다.

생각해 보면,
살면서 그런 순간이 몇 번이나 있을까.
아무 조건 없이 다가와
무언가를 건네고, 말없이 사라지는 사람.
함께 있어 주지는 못했지만,

결정적인 순간,

내가 완전히 무너지지 않도록

작은 우산 하나를 남기고 가는 사람.

나는 그 후로,

누군가 젖은 채 서 있는 모습을 보면

문득 그를 떠올린다.

그가 건넸던 우산처럼,

나도 언젠가 누군가에게

조용히 무언가를 쥐어 줄 수 있을까.

말없이, 계산 없이,

그저 한 번이라도 따뜻했던 사람이 될 수 있을까.

우산은 이제 내게

비를 막는 물건이 아니다.

그건 마음을 건네는 방식이고,

상처를 덮어주는 조용한 언어다

그리고 무엇보다,

그날 소나기 속에서

나를 지켜주고 떠난

그 사람의 얼굴 없는 다정함이다

그해 여름, 그날의 태양

우리는 마주 섰다

너는 눈부신 햇살 아래 있고

나는 따가운 태양 아래 있는 듯했다

네가 입고 있던 형광색 붉은 티셔츠는

강렬히 내리쬐던

그날의 태양과 닮았고

이글거리며 피어오르던

여름 한낮의 열기를 닮아 있었다

숨 쉴 틈조차 주지 않고

그렇게 나를 모조리 태우고서는

인사도 없이 돌아섰다

우리가 함께 지녔었던
아이보리색 에코백을 비틀어
한 손에 움켜쥐곤
앙다문 입술만큼 서글픈 뒷모습만 남긴 채
사라졌다

그 순간의 네 뒷모습은
그해 여름, 그날의 태양같이
강렬히 남아
태워도 태워도 재가 되지 않을 나를
지금도 태우고 있다

여전히 그립다.

다시, 여름

지나간 계절은
때가 되면 돌아오지만
떠나간 사랑은
돌아오지 않는다고들 하지

지나간 계절 다시 오면
떠난 그대, 계절처럼 다시
내 곁에 닿기를
습관처럼 고대하기에

다시, 여름 되는 여느 해라도
흔들림 없이
그대를 나 기다리네.

인어의 여름

침대에 누워 천장을 보는데
햇빛이 온몸을 태우는 듯해
이대로 가루가 되어 날아가고 싶어서
창문은 그대로 열어놨어

참 이상하지
이제는 정말 떠나야 할 때가 온 것 같아
그냥 그런 기분이 들어

나 이제 다시 태어나
백마 대신 잡아
무지갯빛 파도 방울 타고

참 이상하지
이제는 누구도 날 잡을 수 없을 것 같아
그냥 그런 기분이 들어

바다를 줘 내게 받아줘
받아 줘 나를 바다야
뜨거운 태양 아래 몸을 던져 나는
인어로써 여름을 환영하네

아름다운 바다 궁전을 찾아
바닷속 깊이깊이
빛나고 오묘한 그곳으로
푸름이 메워진 그곳으로

굽히지 않는 반죽들의 대서사시

나른한 일요일
고양이 수염이 마침 무지개색

뜨거운 여름
맛있게 구워진 지구 시트
삐뚤빼뚤 일곱 조각으로 잘라
파도 일곱 수저 끈적하게 바르고
톰 소여를 불러내 보자

오늘은 내가 주인공
베키가 주인공이야
낭만 위에 올라타
톰 소여에게 손을 내밀어

애 오늘은 배 말고
낭만으로 온 세상을 누비는 거야
따분해질 땐 비눗방울을 씹어보자
지구 맛 시럽이 있다면 딱 이런 맛일 거야

세상은 곧 우리의 것
이 여름
반짝이는 우리의 청춘

뜨거운 버터가 방향을 알려주지 않아도
어설프게 구워져도 괜찮아
뒤집을 수 있으니

익었든 안 익었든
바로 지금
우리의 여름
완벽한 프라이팬에서-

한여름 밤, 불꽃놀이

무엇이 가슴에 불을 붙였는지
꺼질 낌새도 없이 타오르는 가슴은
머리까지 열이 오르게 만든다

한여름 바닷가에 사람들은 모이고
몇몇 어른들과 대다수의 아이들은
불꽃놀이를 시작한다
폭죽에 불을 붙인다

까만 밤, 드리운 어둠을 물리치는
아이들의 자그마한 손에 잡힌
타오르는 폭죽 하나

파도 소리 나직이 들려오고
그들 중 한두 명은 핸드폰 조명을 켜고

조개껍데기를 주우러 다니는데

깨진 조개껍데기들은
맨발로 다니는 이들의 발바닥을 노리고
뾰족한 면을 위로 세운다

하이얀 백사장 위로 어둠이 덮이고
아이들의 불꽃놀이만이
주변을 밝게 비추는데

저 멀리 보름달은
구름 한 점 끼고 누워
빛을 제대로 발하지 못한다

낮이 밝아져 오면
모래사장에는 불꽃놀이의 흔적이
가득히 남아 있겠지

간밤은 그리 어둡지 않았노라
말하겠지

여름, 그리고 그대

그대 향한 그리움
한여름 넘실대는
플라타너스 청록 물결에 실려 보낸다

그대 잃은 슬픔
쏟아지는 장마 빗소리에
함께 흘려보낸다

새벽 햇살에 머금은
반짝이는 이슬
그대 내게 온 것 같아
설레고 설렌다

여름 태양에 스며
사라진 그대를
원망하고 원망한다

밤하늘
반짝이는 별의 물결 되어
어둠을 비추는 그대
고요한 사랑을 전한다.

사랑의 계절

모두가 사랑의 계절은 봄이라 말하는데

이상하게도 내가 사랑에 빠지는 계절은 늘 여름이었다.

그 여름이 오면

뜨거운 열기 아래서도 손 꼭 붙잡고 놓지 않곤 했다.

살살 머리를 쓸어주는 그 손길을 사랑해 버려

무더운 여름에도 허리까지 오는 머리카락을 자르지

못하곤 했다.

같이 학교 옥상에서 아이스크림을 입에 한가득 머금

어 녹여 먹곤 했다.

땀나는 더위를 몰아낼 시원한 웃음을 지어버리곤 했다.

장대 같은 빗속에서 바다에 들어가곤 했다.

잔뜩 비를 맞아 쫄딱 젖은 채로

그렇게 사랑을 하곤 했다.

영원을 품은 산책

시간이 멈춘 여름날이 좋다.

날이 환하면 짙은 초록을 머금은 잎사귀가 반짝이는
게 좋고

날이 흐리면 회색빛 심심한 건물이 좋다.

아래에서 올라오는 바각바각 자갈 밟는 소리도 좋고

위에서 내려오는 맴맴 매미 소리도 좋다.

그 안에서 걷는 날이면

영원히 그 안에 갇혀 살아도 좋을 거 같다는 생각을
한다.

초여름 밤

너무 덥지도,
너무 시원하지도 않은 그 밤
기다림뿐이던 봄보다
여름이 좋다는 너는

따뜻한 빛을 비추며
조용히 내게 다가온다

그 밤의 고요 속
너의 따스한 온기가 퍼지며
잠든 내 마음까지 깨워버린다

그 계절도, 그 마음도
조금씩 여름밤에 스며든다.

여름 능소화의 화장법

붉게 핀 꽃잎은
한여름 태양을 닮았다
오래 햇살에 눌어 있다가
붉어진 혈색처럼
능소화는
상기된 얼굴로 벽을 오른다

잎사귀가 부딪치는 소리는
여름 소나기를 닮았다
습한 바람에 몸을 맡긴 채
꽃대마다 물소리가 번지고
하늘은 잠깐
구름을 내어준다

덩굴손은
뜨거워진 벽을
붙잡듯 매달리며
능소화의 번진 입술로
여름을 끌어안는다

꽃이 아파서 피는 방식도 있다
불그스름하게 부푼
염증을 감춘 꽃잎들
그 안에서
여름 노을은 푸르게 멍든다

여름의 가장 안쪽에는
능소화만이 알고 있는
감기와 땀이
매달려 기침한다

여름별은 위로 자란 봄꽃

여름밤이 유난히 싱그러운 건
봄에 피던 꽃들이
위로 자라서 닿은 별빛

벚꽃은 찬란하게
수선화는 청초하게 피었던 봄날
가지마다 매달려 있던 꽃말들이
밤하늘에서 반짝인다
별은
봄꽃들의 되비침일지도 모른다

노을이 놓인
창문 틈으로 씨 하나 심는다
소원을 빌지 않고

물도 주지 않고
오래 바라보는 것만으로도
꽃은 위로 피어 별이 된다

가끔은 별빛 아래
장미처럼 젖는
소나기가 지나간 뒤
화단에 다시 피어 있는 꽃들
어쩌면
어제저녁 올려보낸
별이었을지도 모른다

여름 별자리는 멀리 있지 않다
먼저 진 것들이
조금 더 높이 피어
빛날 뿐

-글그림-
2025.05.12

여름의 너와 나

햇살은 너를 닮아
눈부신 채로 나를 깨우고
바람은 나를 닮아
네 곁을 맴돌다 잠들지

낮의 여름, 우리는 웃음이었고
땀과 설렘이 뒤섞인 손끝에서
계절은 자라났어
너의 목소리가 내 하루를 물들이던 때

해가 지고
밤이 오면 여름은 또 달라졌지
모기의 소리조차 멀리하고
우리는 조용히 서로의 그림자에 기대었어

너의 숨결은 밤공기처럼 선명하고
내 마음은 별빛처럼 반짝였어
사라질까 봐, 깨질까 봐
살며시 말도 못 꺼낸 사랑이었지

여름은 그렇게
낮과 밤을 모두 너로 채워
나에게 가장 뜨겁고
가장 조용한 계절이 되었어

Take off

몇 년 전, 영화 『쏘울 서퍼』를 시청했다. 높은 파도 앞에서도 주인공은 겁내지 않았다. 오히려 더 높은 파도를 기다리고 있었다. 사는 곳에서 가장 가까운 바다는 양양이었다. 2시간이 넘는 거리였지만 문제 되지 않았다. 오로지 바다와 파도만 생각났다. 돌아오는 주말, 서핑을 배우기 위해 바다로 향했다.

처음에는 적당한 파도를 선택하는 방법을 배웠다. 하지만 초보자에게 선택이 쉬울 리 없었다. 기회다 싶어 달려들었지만, 매번 내 앞에서 거품을 내며 사라졌다. 다른 서퍼에게 선수를 빼앗겨 그의 뒷모습만 바라보아야 할 때도 있었다. 여기까지 오느라 든 경비를 생각하면 포기할 수 없었다. 몇 번을 달려들었지만 내 마음을 아는지 모르는지, 파도는 나를 도와주지 않았다.

파도가 세질수록 몸에 힘이 더 들어갔다. 열심히 팔을 젓는데도 뒤에서부터 오는 파도를 따라잡지 못했고, 균형을 잡지 못해 자꾸 넘어졌다. '하…… 미치겠네.' 서핑의 중요한 요소가 바로 힘 빼기였다. 머리로는 알고 있으면서도 실행으로 옮기지 못하니, 남이 멋지게 성공하는 'take off'만 볼 수밖에 없었다.

24년 11월, 선택이라는 주제로 공저에 참여한 적 있다. 글 감을 찾기 위해 노트북을 뒤적이다 오래전 남겨둔 글을 만났다. 영화 한 편으로 시작된 나의 서핑 도전기였다. 그때도 그렇지만 지금도 바다는 늘 보고 싶다. 모든 선택은 결과가 따른다. 그러나 모든 결과에 만족할 수는 없다. 후회도 있을 테고, 만족, 행복, 슬픔, 우울 등 모든 감정이 뒤섞여 있을 수도 있다. 중요한 건 태도다.

밀려오는 파도를 누군가는 잘 이용해 나아가는가 하면, 누구는 파도에 휩싸여 일명 '빨래(take off를 하지 못해 보드와 함께 파도에 휩싸이는 모습)'가 되기도 한다. 그런데도 다시 일어나 파도를 향해 나아가는가 하면, 해변에 앉아 다른 사람을 부러워하는 사람도 있다. 조금만 숨 고르고 다시 기다리면 내가 성공하지 못한 파도가 분명히 온다는 걸 연이은 공저 출간을 통해 깨닫는 중이다.

기회를 놓쳤다고 해서 후회하지 말자. 다음을 기약하며 준비를 멈추지만 않는다면 더 좋은 파도를 탈 수 있는 또 다른 기회가 생긴다. 지금도 나의 take off는 늘 아슬아슬 하지만 포기하지 않는다. 서핑과 오늘, 바다와 삶은 묘하게 닮았다. 올해 여름에도 바다로 떠나봐야겠다. 넘어지더라도 다시 일어나면 되니까. 경험이 쌓이면 성장할 수 있다는 걸 여름 바다에서 톡톡히 배웠다.

플라타너스

혹서의 계절
검게 그을린
너의 얼굴을 위해

얇은 팔을 뻗을 때
너는, 나의 온몸을 보았는가?

바람에 흔들릴지언정
내일 이 자리에 터만 남더라도

지금 이 순간 온몸으로 버텨낸 여름을

계절이 바뀌어
어쩌면 네가 상실을 겪더라도

나는 기꺼이 몸을 기울여
계절로부터 너를 지키고 있다는 것을

선물

너에게
무지개를 선물할 테니

하늘의 반대편
그곳에 머물러만 있으면 돼.

한여름
소나기는 내가 맞을 테니

한여름 뒤

한여름의 더위와 비는
나를 집어삼킬 듯 다가오지만

그 속에서는
무언가 야금야금 커가고 있다

힘겹게 버티고 나면
그 뒤에는 어엿한 내가 버티고 있다.

민들레

길가에
민들레 하나 피어 있었습니다.
아무도 돌보지 않았지만
그곳이 제자리인 듯
조용히,
환하게.

햇빛은 쏟아지고
바람은 서성이고
아이들은 뛰어다녔지요
그 한가운데서
작은 꽃 하나
소리 없이 여름을 피우고 있었습니다.

지나가며
나는 잠시 멈춰 섰습니다.
누군가를 오래
기다린 사람처럼
그 꽃이,
나를 본 것도 같았습니다.

여름은 그렇게
떠들썩한 풍경 속에서도
말없이
가장 작은 것들로
기억되는 계절이었습니다.

라일락

한여름의 볕 아래서
문득, 라일락 향기가 떠올랐습니다.
계절은 분명 다르건만
그 꽃은 늘
그리움으로 먼저 피어납니다.

그 시절
우리는 자주 웃었고
말보다 침묵이 더 따뜻했으며
헤어지는 일에도
익숙하지 못했던

그 마음이
어디선가 피어나

바람에 실려
지금,
내 곁으로 왔습니다.

라일락은
눈에 보이지 않아도
향기로 날아와
마음을 흔들고
한 사람을 떠올리게 합니다.

계절은 여름인데
그 꽃은 여전히
내 안에서 봄처럼
그리움을 피웁니다.

아마 당신도
한 번쯤은
이 향기를 맡았겠지요.
같은 바람을 타고

후회를 담은 여름은 춥다

서늘한 바람을 원하는 계절,
여름.

녹아내릴 듯한 사랑을
여름과 함께
시작하지 못했다.

꽃잎을 담은 얼음을
아그작 아그작
씹어 먹으며
이를 시리게 만든다.

좋아한다,
좋아하지 않는다,
-
좋아한다,

좋아하지 않는다
……
좋아하지 않는다고 말한
꽃잎에 괜히 화풀이했다.

온몸을 차갑게 만들면
시린 마음을
여름에게 숨길 수 있을까?

뜨거운 날씨에 흐르는 기억.
이번에는 입안에 얼음을
가득 부었다.
너무 차가워서 말도,
생각도 못 하도록.

온 세상이 녹아내리는데
나의 여름은
서늘하게 무너져 내렸다.

싸늘한 사랑을 하는
여름이었다.

여름 앞에서

한여름 운동장에서 체육대회 조회를 한다.
지루한 교장 선생님 연설에
아이들 하나씩 픽픽 쓰러지는
뜨-거운 여름이 있다.

사랑은 한여름 태양처럼 우리를 비춘다.
용기 내지 못하는 자,
나약하게 쓰러지면 된다.
나약한 자는 한 걸음 다가가지도 못하고,
그 자리에서
익어가는 수밖에 없다.

세상이라는 체육대회에서
남들의 설교만 듣는 그대여.

한여름 태양 아래
누군가를 사랑한다고 말할 자신이 없으면,
그건 사랑이 아니다.

당신이 그녀를 잡지 못한 건
여름이 너무 뜨거워서가 아니다.
당신이 사랑 앞에 나약해서다.

너는, 여름

눈부신 햇살이 쏟아져 내려
담기도 뜨거운 여름이 오면
시원한 얼음 넣은 주전자 속에
넣을 수 있다면 다 담고 싶다.

주전자 하나에는
햇살을 담고
나머지 하나에는
땀방울 담고

곁에 두는 하나에는
온기를 담고
곁에 있는 하나에도
더위를 담고

담고 담아내도
식지 않는 여름이
넘치고 넘쳐서 뜨거울까 봐
조금은 부족하게 넣어서 두고

쌓고 쌓아두는
추억 많은 여름은
넘치고 넘쳐서 뜨거워져도
사진첩 한 장에도 시원해진다.

뜨거워도 좋았지 하면 좋겠고
무더워도 좋았다 하면 좋겠다.

장마

여름의 문턱을 넘으면 어느새 장마가 다가온다.
기상청의 예보보다 빠르거나 늦게, 혹은 슬며시 스며
들 듯 시작되는 장마.
비가 오는 날의 시작은 늘 조용하다.
하늘은 축 처지고, 공기는 무겁고, 창밖은 흐리기만
하다.
그 흐림은 점점 깊어져, 이내 창문을 두드리는 빗방울
로 바뀐다.

장마철의 비는 좀 다르다.
소나기처럼 갑자기 퍼붓지도 않고, 봄비처럼 가볍게
내리지도 않는다.
잔잔하면서도 끈질기게, 조용하면서도 고집스럽게
하루를 적신다.

이틀, 사흘, 일주일. 시간이 지날수록 옷장 속 옷들도 눅눅해지고,
몸도 마음도 축축해지는 기분이 든다.

학교든, 회사든, 어딜 가든 축축 처진 어깨를 흔히 볼 수 있다.
비는 모든 이의 걸음을 무겁게 만든다.
바지를 적시고, 신발 속으로 스며들고, 때론 우산 사이로 들어와 어깨를 타고 흐른다.
그러면서도 장마는 묘한 정서를 안긴다.
세상이 온통 회색빛으로 덮이는 그 시간 속에서,
나는 오히려 내 마음을 더 또렷이 들여다보게 된다.

창밖을 오래 바라보게 되는 날들.
텀블러에 따뜻한 차를 담아놓고, 비 내리는 소리에 귀를 기울인다.
세차게 쏟아지는 날이면 빗소리에 마음의 먼지도 함께 씻겨 나가는 기분이다.
차분히 내리는 날엔 그 조용함이 마음의 균형을 다시 잡아준다.

장마는 사람을 느리게 만든다.
그리고 그 느림 속에서 오래 잊고 지냈던 감정들을
다시 마주하게 한다.
무더운 여름이 본격적으로 시작되기 전,
장마는 나에게 잠시 숨을 고를 시간을 준다.

촉촉한 공기, 잔잔한 빗소리, 차분한 하늘 아래서
나는 조금 더 나를 들여다보고,
조금 더 부드러운 마음을 갖게 된다.

장마가 끝나면, 찬란한 햇살이 찾아올 것이다.
그러니 이 눅눅한 계절도 그냥 흘려보내진 않으려 한다.
비 내리는 날의 고요함과 깊이를,
그 속에서 피어난 나의 감정을 오래 기억하고 싶다.

반짝이는 여름의 조각

우리가 별이었을 때

여름 밤하늘에서
소리 없이 반짝이던 별이었지

서로를 몰랐지만
늘 같은 방향으로 빛나고 있었어

너를 본 순간
내 안의 별자리들이 흔들렸어
누구보다 가까운,
하지만 닿을 수 없는 거리에서

우리는 용감했지
하늘에서 뛰어내려
이 여름,

서로의 품에 떨어졌으니까

매일 밤
너를 떠올려
손등 위로 흐르는 별빛처럼
조용히, 따뜻하게

너와 내가 별이었던 시간
잊지 않을게

너라는 계절

햇살이 너무 눈부셔
너를 제대로 바라볼 수 없던 그날,
나는 이미
사랑에 젖어 있었지.

파도가 밀려왔다가
모래 위에서
조용히 사라지듯,
너는 말 없이 다가와
내 하루에 물들었어.

네가 웃을 때
여름이 시작됐고
내 심장은

빛의 속도로 뛰기 시작했지.

우리는 말보다
눈으로 말했어.
숨죽이며
마주 본 눈동자에
파도보다 깊은
감정이 있었어.

손끝이 처음 스친 날,
바람이 잠시 멈췄고
나는 네 손을
잡을 수 없을 만큼 사랑했어.

여름은
언제나 짧고,
사랑은 언제나
조용히 저물어.

갑작스레 내린 소나기처럼
우리는 말없이
서로를 흘려보냈지.
그날 이후
여름은 더 이상
그저 계절이 아니었어.
너의 숨결이,
너의 온도가 남은 시간.

햇살이 비치면
나는 네 첫 웃음을 떠올리고,
물 위로 빛이 부서지면
네 눈동자 속 내 모습을 기억해.

여름밤 별이 뜨면
우리의 이별이 다시 떠오르고,
그 아득한 조용함 속에서
나는 또 너를 사랑해.

사랑은 끝났지만
너는 계절이 되어
매년 다시 와.

그리고 나는
그 여름마다
너를 다시
처음처럼 사랑하게 돼.

올해의 여름

여름이 다가온다.
벌써 더워지는 날씨가 설렘을 재촉한다.

네가 물을 좋아하니까 시원한 바다를 가볼까?
네가 땀을 많이 흘리는 편이니 집에서 하루 종일 에
어컨을 켜고 있을까?
네가 빙수를 좋아하니 여러 카페의 빙수를 도전해 볼까?
네가 여름옷이 없다고 했으니 날을 잡아서 쇼핑하러 갈까?

생각만 했을 뿐인데 벌써 너와 할 일이 많아진다.
너와의 여름은 언제나 뭔가를 하고 싶었던 것 같아.
올해 우리의 여름은 어떤 일로 채울 수 있을까?
너와 함께한다면 조금은 덜 끈적한,
조금은 더 시원한 여름을 맞이할 수 있을 것 같아.
그러니 올해의 여름도 잘 부탁해.

'여름'이라는 이름을 불러보다가

'여름'이라는 이름을 불러보다가
답답함이 가득 차서 참다 못해
뜨거워진 '여름'을 보게 되었어!

쩽그랑하고 깨질듯한 강렬한 햇살도
부르르 떨며 빛이 나는 따스한 햇볕도
컵라면 증기 기체처럼 뜨거운 빛들도

'여름'이라는 이름에
풍성하게, 아름답게, 수북하게
담겨있었어.

'여름'이라는 이름에 담긴 것들과 함께
모든 걱정과 힘듦과 고민과 부정적인 마음들을

뜨겁게 뜨겁게 담아서 태워버리면
따스히 따스히 들어서 버려버리면

'여름'이라는 이름을 계절 중에
더 기억하게 될 수도 있지 않을까?

하지 못했던 말

여름날 매일 밤하늘을 보며
태연한 척 지내려 했습니다
하지만 그때 하지 못했던
마지막 말이 입가에
항상 맴돌았기 때문에
언젠가 꼭 돌아올 거라는
그 한마디 말을 하지 못했던 것이
아무렇지 않은 줄 알았지만
그때부터 고장 나있었다는 걸
너무 늦게 깨달았습니다

잘 지내고 있다고 생각했는데
그게 아니었다는 걸
사실은 힘들었다는 걸

이렇게 될지 몰랐던 걸까요
모든 걸 잊은 채 앞으로도
살아갈 수 없다는 것을
이미 알고 있었을 텐데.

행복한 여름밤

여름밤의 정취가 참으로 각별합니다.
한낮의 뜨거운 열기가 서늘하게 식은 이 밤,
그대의 손을 잡고 걷는 이 길에는
설렘이 가득합니다.

여름밤의 맑은 공기와 쏟아지는 별빛이
마치 우리를 인도하듯 길을 비춰줍니다.
그 길을 함께 걸으며,
어느새 우리는 하나가 되어갑니다.

어디선가 흐르는 음악에 저도 모르게 빠져들고,
그대의 눈을 바라보는
이 순간은 더없이 행복합니다.
파도 소리가 들려주는 잔잔한 기쁨,

달빛이 내리는 사랑의 조명 아래,
빈틈없이 채워지는 행복한 여름밤입니다.

하얀 백사장 위에 우리의 사랑 이야기를 남기고,
시원한 바람에 실려 오는
그대의 달콤한 향기에 취해
입 맞추는 이 순간,
그 무엇보다 소중한 행복을 느낍니다.
그 모습 하나만으로도 참으로 좋습니다.

지금, 이 순간
이토록 평화롭고 아름다운,
행복한 여름밤입니다.

여름밤 그 후.

문득, 텅 빈 밤하늘을 바라본다.
별빛으로 펼쳐진 하늘에 손을 뻗으면,
어쩌면 그 빛이 손안에 들어올지도 모른다.

그저, 네가 내 곁에 있어 줬으면 하는 마음으로,
한여름 밤 너와 함께 걷던 날,
들려오던 그 노래가 자꾸만 입가를 맴돈다.

다른 어느 여름밤,
너 없는 하늘엔 별조차 뜨지 않는다.

이제는 너 없이도 사랑할 수 있을까.
그 사랑을, 여전히 사랑이라 부를 수 있을까.
별이 없는 이 밤하늘을 보며,

조용히 혼잣말을 해본다.

가만히 하늘을 바라보다 보면,
작고 여린 별빛 하나가 반짝이며
너의 소식을 전해줄 것만 같다.

그날, 우리가 사랑의 마음을 놓지 않았더라면
지금쯤 함께 이 밤하늘을 바라보며 별을 기다리고 있
지 않았을까.

우린 서로를 볼 수 없는 지금,
너 없는 밤하늘은 여전히 별은 떠오르지 않는다.

그래도 나는 너와의 사랑을 기억하며,
너를 사랑하고 고마워하며,
오늘도 조용히 너를 떠올린다.

30대의 여름

창문 너머 푸른 하늘이 유난히 눈부시다. 은은한 햇살이 교실 바닥에 일렁이고, 복도에는 아이들의 웃음소리가 파도처럼 퍼져간다. 지필평가가 끝나고, 곧 있을 체육 축제를 앞둔 학교는 들뜬 기대감으로 가득차 있다. 살갗을 스치는 바람에서도 비릿한 여름의 냄새가 감돌고 있다. 아직 6월은 아니지만, 햇살의 결이 이미 초여름이다.

올해도 어김없이 계절은 흐르고 있는데, 문득 나 자신은 지금 인생의 어느 시점에 서 있는 걸까 하는 생각이 들었다. 아마 나는 지금, '30대'라는 인생의 여름, 그중에서도 초여름쯤에 있는 듯하다.

30대 초반의 시간은 마치 연두에서 짙은 초록으로 스며드는 나뭇잎 같다. 청춘이라는 봄을 지나, 본격적으로 삶의 색을 입혀가기 시작하는 계절. 가능성과 열정이 여전히 살아 있고, 이제는 그 에너지를 진짜 '나'로 살아가기 위한 방향성으로 모아야 하는 시기다.

이 초여름은 분명 푸르다. 하지만 이 계절이 상상만큼 청량하고 맑지만은 않다. 봄이 사라진 지구처럼, 예상보다 빠르게 찾아온 더위가 삶의 여유를 앗아간다. 매달 손에 쥐는 박한 월급, 매일 계산해 보는 미래의 불확실함, 동기들이 다른 길로 옮겨갈 때 느끼는 외로움. 늘어진 오후의 땡볕처럼 그런 현실들은 숨을 막히게 만든다.

특히 밤늦게까지 수업 준비와 상담을 마치고 돌아온 뒤, 불을 켜고 텔레비전을 틀거나 SNS를 열면 마주하게 되는 또래들의 모습은 더 뜨겁게 다가온다. 대기업에 취업한 친구의 푸른 바다가 담긴 여행 사진, 일찍 자리 잡아 안정된 삶을 사는 동기의 단란한 일상, 여유롭게 휴가를 즐기는 선배의 모습. 그들의 여름은 마치 에어컨이 시원하게 틀어진 카페처럼 보인다. 반면 나의 여름은, 선풍기 네 대로 30명이 함께 견디는 교실 같다. 땀이 식을 틈 없이 다시 흐르고, 바람 없는 나날들이 길게 이어지는 계절. 그러나 정말 여름은, 숨이 막히고 덥기만 한 계절일까?

가만히 들여다보면, 여름은 반짝임의 계절이기도 하다. 운동장 위로 쏟아지는 햇살, 축구공을 쫓는 아이들의 땀방울, 나무 그늘 아래서 들려오는 숨찬 웃음소리. 교실 창가에 일렁이는 햇빛 조각들, 실험 도중 튀어 오르는 작은 불꽃, 마감 벽보 위에 그려진 형형색색의 아이디어들. 그 모든 순간은 눈부시게 반짝이고, 그 반짝임은 숨 막히는 일상에서도 문득 우리를 멈춰 세운다.

교직 생활 속에서도 나는 그런 빛나는 순간들을 마주해 왔다. 화학 반응을 이해하지 못해 고개를 숙이던 아이가 실험 결과를 정확히 예측하고 친구들과 즐거워할 때, 소극적이던 학생이 과학 발표를 마친 뒤 또래 친구들의 박수를 받으며 눈빛이 환하게 빛나던 순간, 동아리에서 실험이 성공한 날 아이들의 기쁨. 몇 년 전, 야간 실험 수업을 마치고 나와 아이들과 함께 본 개기월식, 졸업식 날 받은 짧지만 진심이 담긴 감사의 편지, 대학생이 된 제자가 전해준 "선생님 덕분에 생명과학 시간이 즐거웠어요"라는 말. 그 순간들은 뜨거운 오후 속에서도 찰나처럼 번지는 반짝이는 빛이었다.

그 반짝임은 월급이 적다는 현실보다 더 오래 기억에 남았고, 피곤함보다 더 강하게 나를 다음 날의 교실로 이끌었다. 화려하지 않은 일상이지만, 누군가의 삶에 온기를 더하고 방향을 제시할 수 있는 존재로 살아갈 수 있다는 감각은 오래도록 내 마음을 환하게 채웠다. 물론, 여름은 때때로 소나기처럼 휘몰아치기도 한다. 실험 예산 부족으로 재료를 구하지 못해 수업이 미흡해졌을 때의 무력감, 아무리 쉽게 설명해두 과학에 흥미를 보이지 않는 학생들 앞에서의 좌절, 동료 교사와의 오해, 끝도 없이 이어지는 회의와 행정 업무. 어느 순간, 비에 흠뻑 젖은 듯 방향을 잃고 서 있다 보면, 내가 왜 교사가 되었는지조차 잊고 싶은 순간이 온다. 하지만 소나기 뒤의 공기는 어째서 더 맑을까. 비를 맞은 나뭇잎이 왜 더 선명하게 빛날까. 실패와 좌절 속에서도 다시 교실로 돌아가게 하는 것은, 결국 그 반짝이는 순간들이 진짜였다는 믿음 때문이 아닐까. 매일 같은 듯 다른 아이들의 얼굴을 마주하며, 조금씩 달라지는 그들의 눈빛을 발견할 때, 나 역시 조금씩 달라지고 있음을 느낀다.

30대 교사의 삶은 그러하다. 봄의 기운을 머금은 채 여름의 열기 속에서 뿌리를 내리고, 자신만의 색깔을 찾아가는 시간이다. 마음껏 그늘에서 쉴 수는 없고, 뜨거운 현실에 혼자 맞서야 하는 순간이 많다. 그러나 그 속에서 우리는 조금씩, 정말 조금씩 단단해진다. 아이들과 함께 성장하며 시야는 더 멀어지고, 마음은 점점 더 깊어간다.

교정의 나무들처럼 무성하게 자라기 위해, 지금은 햇빛을 견디며 잎을 키우는 시간이다. 빠르게 자라지 않더라도, 조급하지 않고 내 속의 성장에 집중하고 싶다. 다른 직업의 화려함에 흔들리지 않고, 교사로서 내 리듬을 믿고 걸어가고 싶다. 그 길이 때로 더디고 힘들지라도.

지금, 나는 인생의 초여름에 있다. 어쩌면 교사로서의 여름은 아직도 진행 중이다. 이 계절이 내게 무엇을 가져다줄지, 나는 아직 다 알지 못한다. 다만 확실한 것은, 햇살 속에서 피어난 작고 눈부신 순간들을 놓치지 않고, 그 빛을 따라 한 걸음씩 걸어가야 한다는 것이다.

여름은 다가올 수확의 약속이다. 이 시기도 언젠가 가을로 익어갈 것이다. 지금의 이 더위가, 혼란이, 피로함이 어떤 열매로 여물어갈지는 아직 모르겠다. 그러나 나는 오늘도 교실로 향한다. 그 반짝이는 순간들이 나를 다시 시작하게 한다.

20대의 여름

여름밤은 짧다. 해가 늦게 지고 일찍 뜨는 탓에 어둠이 머무는 시간이 줄어들지만, 그 짧은 밤은 도시의 네온사인들로 인해 더욱 빛이 난다. 홍대 앞 클럽에서 새어 나오는 음악 소리, 강남 루프탑 바의 반짝이는 조명, 한강 공원에 모여든 젊은이들의 웃음소리. 여름은 축제다. 특히 이십 대 초반의 여름은 더욱 그렇다. 스무 살, 스물한 살의 여름은 무책임하게 아름답다. 학자금 대출이 쌓여가는 것도, 취업 준비를 해야 한다는 어른들의 잔소리도 아직은 먼 이야기처럼 들린다. 오늘 밤만은 중요하다. 친구들과 함께 마시는 맥주 한 잔, 새벽까지 이어지는 수다, 썸을 타는 누군가와의 설레는 메시지. 여름밤의 네온사인이 젊음을 부추긴다. 지금이 아니면 언제 이런 시간을 보낼 수 있을까. 대학가 주변 편의점에서 아르바이트하던 시절, 나는 그런 젊음을 구경했다. 새벽 두 시에 술에 취해 들어와 라면을 끓여달라고 하는 아이들, 아이스크림을 사면서 킥킥거리며 웃는 커플들. 그들의 여름은 끝없이 이어질 것만 같았다. 나도 그중 하나였으니까.

하지만 몇 해가 지나자 여름의 색깔이 달라졌다. 스물다섯이 되고, 스물여섯이 되면서 네온사인보다는 형광등에 더 자주 노출되게 되었다. 새벽 세 시, 편의점 야간 근무를 하며 마주한 형광등은 네온사인처럼 화려하지 않았다. 차갑고 밝고 무자비했다. 그 빛 아래서는 숨을 곳이 없었다.

빛은 강해졌지만 반짝임은 없어졌다.

같은 또래지만 다른 삶을 사는 친구들의 인스타그램 스토리가 올라온다. 제주도 여행, 유럽 배낭여행, 부모님이 마련해 준 펜션에서의 휴가등 게시글에 '좋아요'를 누르면서도 마음 한구석이 씁쓸하다. 나는 여전히 형광등 아래에 있다. 편의점 카운터 뒤에서, 혹은 좁은 원룸에서 취업 준비를 하며, 아르바이트 스케줄을 짜면서. 가계 형편이라는 건 생각보다 큰 차이를 만든다. 불과 몇 살 차이지만, 어떤 이들에게는 여름이 축제의 연장이고, 어떤 이들에게는 생존의 계절이다. 스물다섯의 여름과 스무 살의 여름 사이에는 보이지 않는 선이 그어져 있다. 그 선을 넘으면 갑자기 현실이라는 무게가 어깨에 얹힌다.

편의점 야간 근무를 하면서 만난 사람들 중에는 나와 비슷한 처지의 또래들이 많았다. 대학 등록금을 벌기 위해, 생활비를 마련하기 위해, 취업할 때까지 버티기 위해. 우리는 다른 이들이 축제를 즐기는 시간에 형광등 아래에서 일했다. 그 시간들이 아깝다고 생각한 적도 있다. 친구들처럼 여행을 가고 싶고, 늦잠을 자고 싶고, 아무 걱정 없이 놀고 싶었다.

문득 개미와 베짱이 이야기가 떠올랐다. 그 우화에서 여름은 온전히 베짱이의 계절이었다. 개미는 여름에도 겨울을 대비해 일하고, 베짱이는 여름을 만끽하며 노래하다 결국 벌을 받는다. 그런데 나는 베짱이도 개미도 되지 못했다. 여름을 제대로 즐기지도 못하면서, 그렇다고 충분히 준비할 수 있는 여건도 되지 않았다. 축제에 참여하고 싶지만 돈이 없고, 미래를 준비하고 싶지만 당장 생계가 급했다. 어쩌면 내가 그들보다도 더 준비되지 않은 존재였을지도 모른다. 우화 속 명확한 이분법과 달리, 현실은 훨씬 복잡하고 애매

했다. 하지만 야간 근무의 고요한 시간들이 주는 선물도 있었다. 새벽 네 시, 손님이 없는 편의점에서 혼자 보내는 시간. 밖으로는 새벽 배송 트럭들이 지나가고, 가끔 택시가 서행하며 지나간다. 그 정적 속에서 나는 생각할 시간을 얻었다. 정말로 내가 원하는 게 무엇인지, 어떤 사람이 되고 싶은지.

네온사인 아래의 축제 같은 시간들이 주지 못하는 깊이가 있었다. 혼자만의 시간, 조용한 성찰, 현실과 마주할 용기. 형광등의 차가운 빛이 오히려 내 안의 따뜻함을 더 선명하게 보여주기도 했다. 어려운 시절을 버텨내는 내 자신에 대한 인정, 작은 것에도 감사할 줄 아는 마음. 같은 처지의 동료들과 나눈 대화들도 소중했다. 새벽 교대 시간에 나누는 짧은 인사, 힘든 하루를 버텨낸 서로에 대한 격려. 축제 속에서는 찾기 어려운 진정성이 거기에 있었다. 우리는 서로의 어려움을 이해했고, 작은 위로를 건넬 줄 알았다.

이제는 안다. 여름에는 두 개의 얼굴이 있다는 것을. 네온사인의 화려함과 형광등의 냉정함이 공존한다는 것을. 그리고 둘 다 필요하다는 것을. 스무 살의 무책임한 아름다움도 소중하다. 청춘이라는 시간은 한정 되어 있고, 그 시절의 축제 같은 순간들은 나중에 돌이킬 수 없다. 친구들과 함께 웃고, 사랑에 빠지고, 꿈을 꾸는 시간. 그것들은 인생의 윤활유 같은 역할을 한다. 하지만 형광등 아래의 시간들도 의미가 있다. 현실과 마주하며 단단해지는 마음, 작은 것에 감사하는 법을 배우는 시간, 진짜 나 자신을 발견하는 순간들. 그 시간들이 있었기에 나는 더 깊이 있는 사람이 될 수 있었다.

결국 중요한 건 균형이다. 축제만 있는 인생도, 고생만 있는 인생도 온전하지 않다. 네온사인의 화려함에 취해 현실을 잊는 것도 위험하지만, 형광등의 차가운 빛에만 머물러 삶의 기쁨을 놓치는 것도 아쉽다. 같은 나이대임에도 처한 상황이 다른 것은 어쩔 수 없는 현실이다. 누군가는 부모의 지원을 받으며 여유롭게 청춘을 보내고, 누군가는 스스로 모든 것을 해결하며 빠르게 어른이 된다. 하지만 그 차이가 우열을 가르는 것은 아니다. 다른 길을 걷고 있을 뿐이다.

중요한 것은 자신의 상황을 받아들이되, 그 안에서 최선을 다하는 것이다. 축제의 시간에는 온전히 즐기고, 고생의 시간에는 그 의미를 찾아내는 것. 네온사인 아래에서도, 형광등 아래에서도 자신만의 빛을 잃지 않는 것. 여름은 여전히 짧다. 하지만 그 짧은 시간 안에도 여러 가지 빛깔의 경험들이 섞여 있다. 화려한 네온사인도, 차가운 형광등도 모두 우리 인생의 일부다. 그 모든 빛들이 모두 모여 나만의 여름을, 나만의 이야기를 만들어가는 소중한 조각들이었음을 깨닫는다. 지금 네온사인 아래 환하게 웃고 있는 이들도, 형광등 아래에서 묵묵히 자신의 시간을 쌓아가는 이들도, 모두 그렇게 자신만의 아름다운 여름 한복판을 지나고 있을 것이다.

한여름 밤의 남이섬 추억

남이섬의 여름밤 - 귀신놀이와 캠프파이어의 추억

벌써 여름이 다가온 듯하다. 이제 계절이 여름과 겨울밖에 없는 듯 하다.

계절의 여왕 봄과 가을을 잠깐 우리 곁을 왔다 간다. 5월인데도 초여름의 날씨가 지속되고 있다. 반팔을 입고 있는 분들도 있다. 여름 하면 열정과 추억의 시즌이지 않는가? 저마다의 추억이 있을 듯하다. 나는 대학교 때 남이섬으로 MT를 간 기억이 떠오른다. 당시 찬양팀 싱어로써 활동하고 있었다. 팀원들과 함께 남이섬으로 MT를 갔다. 다들 푸르른 마음을 안고 남이섬으로 향하였다. 남이섬은 아담한 섬으로 자연을 만끽할 수 있는 좋은 장소였다. 우리는 그곳에서 맛난 저녁을 해 먹고 귀신 놀이도 하면서 추억을 쌓을 수 있었다. 모닥불을 피어놓고 이런저런 애기를 하면서 서로에 대해서 알아가는 시간을 가졌다. 여름의 끝자락, 남이섬의 메타세쿼이아 길을 걸으며 나는 문득 그 시절을 떠올린다. 햇살이 나뭇가지 사이로 스며들어 만들어내는 초록빛 그림자들이 마치 시간의 통로처럼 느껴졌던 그날들 말이다. 아직 어린 시절의 끝자락에 서 있던 우리는 이 작은 섬을 온전히 우리만의 세계로 만들 수 있다고 믿었다.

남이섬에 도착한 첫날 밤, 우리는 숙소 주변을 어슬렁거리며 무언가 특별한 일이 일어나기를 기대하고 있었다. 어른들이 일찍 잠자리에 들고 나서야 비로소 우리만의 시간이 시작되었다. "귀신 놀이 하자!"는 누군가의 제안에 모두가 눈을 반짝였다. 평소라면 무서워했을 몇몇 친구들도 이상하게 용기가 났던 건, 아마도 남이섬이라는 특별한 공간이 주는 마법 때문이었을 것이다.

어둠이 내린 섬 곳곳을 뛰어다니며 숨바꼭질과 귀신 놀이를 번갈아 했다. 나무 뒤에 숨어 있다가 갑자기 나타나 친구들을 놀래키는 일이 이렇게 재미있을 줄 몰랐다. 특히 연인들이 즐겨 찾는다는 자작나무 숲길은 우리에게는 최고의 놀이터였다. 달빛이 희끗희끗

한 자작나무 껍질에 반사되어 신비로운 분위기를 연출했고, 우리는 그 속에서 마치 환상의 세계에 들어온 듯한 기분을 만끽했다.

캠프파이어가 피어오르는 추억 둘째 날 밤에는 허가받은 구역에서 작은 캠프파이어를 피웠다. 어른들의 도움을 받아 조심스럽게 준비한 모닥불이 타오르기 시작하자, 우리 모두의 얼굴이 따뜻한 주황빛으로 물들었다. 불꽃이 춤추듯 흔들릴 때마다 우리의 그림자도 함께 춤을 추었고, 그 순간 모든 것이 마법처럼 느껴졌다.

모닥불을 둘러싸고 앉아 마시멜로를 구워 먹으며 저마다의 이야기를 나누었다. 학교에서 있었던 일, 좋아하는 친구 이야기, 장래 희망까지. 평소 부끄러워서 말하지 못했던 속마음들이 캠프파이어의 따뜻함과 함께 자연스럽게 흘러나왔다. 불빛 너머로 보이는 친구들의 진솔한 표정들은 지금도 선명하게 기억된다.

그중에서도 가장 기억에 남는 것은 모두 함께 부른 노래였다. 누군가 기타를 가져왔고, 서툰 실력이지만 우리가 아는 모든 노래를 함께 불렀다. "고향의 봄", "사랑하는 내 아이", 그리고 그 시절 유행하던 가요들까지. 우리의 목소리가 남이섬의 고요한 밤공기를 가르며 퍼져나갔고, 마치 세상 전체가 우리의 무대인 것 같았다.

시간이 멈춘 듯한 순간들 캠프파이어가 서서히 꺼져갈 무렵, 우리는 모두 하늘을 올려다보았다. 도시에서는 볼 수 없었던 수 많은 별들이 우리를 내려다보고 있었다. 은하수까지는 아니더라도, 평소보다 훨씬 많은 별이 반짝이는 모습에 모두가 감탄했다. 그 순간만큼은 시간이 멈춘 것 같았다.

"저 별까지 헤엄쳐서 갈 수 있을까?" 누군가 농담처럼 던진 말에 모두가 웃었지만, 그 웃음 속에는 묘한 진지함이 섞여 있었다. 우리는 정말로 무엇이든 할 수 있을 것 같았고, 어디든 갈 수 있을 것 같았다. 그런 무한한 가능성의 순간이 바로 여름밤, 남이섬에서 우리가 경험한 마법이었다.

불씨가 완전히 꺼지기 전까지 우리는 그 자리를 떠나지 않았다. 마지막 불꽃이 연기로 변해 하늘로 사라질 때까지 지켜보며, 우리는 이 순간이 영원히 계속되기를 바랐다. 물론 시간은 흘러야 했고, 우리는 결국 숙소로 돌아가야 했지만, 그 밤의 여운은 오래도록 우리

마음속에 남아있었다.

어른이 된 지금, 다시 떠올리는 그 여름 지금 생각해보면 그때의 귀신 놀이나 캠프파이어가 특별히 대단한 일은 아니었을지도 모른다. 하지만 그 단순한 놀이들이 우리에게는 세상에서 가장 짜릿하고 의미 있는 경험이었다. 함께 무서워하고, 함께 웃고, 함께 노래하며 보낸 그 시간들이 우리 우정의 단단한 기초가 되었다.

남이섬의 여름밤은 우리에게 '함께'라는 것의 진정한 의미를 가르쳐주었다. 혼자서는 절대 느낄 수 없는 특별함, 여러 명이 모여야만 만들어낼 수 있는 마법 같은 순간들을 경험하게 해주었다. 그리고 무엇보다 두려움도 즐거움으로 바꿀 수 있는 우정의 힘을 깨닫게 해주었다.

이제 어른이 되어 각자의 길을 걸어가고 있지만, 가끔 남이섬을 떠올릴 때면 그때의 우리가 생생하게 되살아난다. 귀신 놀이를 하며 깔깔거렸던 웃음소리, 캠프파이어 앞에서 나눈 진솔한 대화들, 그리고 별을 바라보며 꿈꾸었던 무한한 가능성들. 그 모든 것이 지금의 나를 만든 소중한 추억이 되었다.

남이섬의 그 여름은 단순히 지나간 시간이 아니라, 내 마음속에 영원히 살아 숨 쉬는 보물 같은 기억이다. 언제라도 그곳으로 돌아가고 싶을 때면, 눈을 감고 그때의 웃음소리와 캠프파이어의 따뜻함을 떠올린다. 그러면 마치 시간여행을 한 듯, 다시 그 여름밤 속으로 돌아간 기분이 든다.

여름의 작은 섬

파란 바다 위 작은 섬으로
하얀 배가 우리를 데려갔네
짠바람이 머리카락을 헝클어뜨리고
갈매기들이 우리를 반겨주었지
뜨거운 모래 위 맨발로 걸으며
조개껍데기와 예쁜 돌멩이를 주웠고
파도가 발목을 간질이며 밀려올 때
아이처럼 깔깔대며 웃었었지
노을 진 하늘 아래 모닥불을 피우고
구운 고구마의 달콤함을 나눠 먹으며
별이 하나둘 떠오르는 밤하늘을 보며
끝없이 이야기꽃을 피웠네
돌아가는 배 위에서 뒤돌아본
그 작은 섬은 점점 멀어져 갔지만

가슴 깊은 곳에 남은 따스한 기억은
여전히 내 마음속에서 반짝이고 있어
여름이 지나고 계절이 바뀌어도
그 섬에서의 하루는 영원할 거야
바다 냄새와 친구들의 웃음소리가
내 마음속 여름을 지켜주고 있으니까

장마

하늘에 구멍이라도 난 건지
쉴 새 없이 쏟아지는 빗줄기
신기하다 못해 무서워지기 시작했다.

폭포수처럼 쏴 아악 쏴 아악
쏟아지는 빗줄기
경건하다 못해 두렵기만 하다.

지금은 잠시 조용하지만
고요 속의 외침이
언제 다시 시작될까? 숨죽여 지켜본다.

여름의 시간

여름은 계절 중에 가장 뜨겁고, 가장 투명한 모습을 기긴 시간이다.

햇살은 거리마다 스며들고, 바람은 가끔 설레는 마음처럼 조심스레 분다.

하지만 나는 이런 여름이 좋다. 지나칠 만큼 거침없고 피하기엔 너무 선명해서.

어릴 적 여름은 유난히 길었다.

하루 종일 땀을 흘리며 놀아도 해는 빨리 지지 않았고, 노을 질 무렵이 되어서야 거우 집으로 돌아왔다.

마당에서 먹던 수박, 손끝을 시리게 하던 얼음물, 그리고 하루의 끝자락에 쏟아지던 별빛.

그 모든 것들이 여름을 반짝이게 하였다.

지금은 그때만큼 여름을 별다르게 반길 수는 없지만, 여전히 여름은 나를 멈추게 하고 그 안에 무언가를 남긴다.

여름이 되면 사람들은 산으로, 바다로 떠난다.

어디든 가야만 할 것 같은 계절

하지만 떠나지 않더라도, 여름은 그 자체만으로도 힐링이 된다.

창문 사이로 들어오는 햇살, 땀을 닦으면서 마시는 시원한 음료, 그리고 저녁놀이 붉게 물드는 하늘 아래서 잠시 멈춰버린 시간 들.

여름은 이렇게, 바쁘게 지내온 내 삶에 조용히 스며든다. 그리고 말없이 속삭인다.

"잠시 쉬어가도 괜찮다고 지금, 이 순간이 충분히 힐링이라고"

서른여덟, 내 안의 윤슬, 아직 빛나는

더운 여름날, 엄마의 미숫가루에 담긴 사랑

한여름, 놀기 좋은 날이다. 초등학교가 끝나면 동생들과 함께 놀이터로 달려갔다. 뜨겁게 해가 달구어놓은 시소와 그네, 철봉 온도가 무슨 장애물일까. 동생들과 함께 퇴근하는 엄마를 기다리며 노는 시간에 더움도 잊은 채 볼이 발그레 익어갔다.

어른이 되어 더운 여름날 출장을 가는 날은 참 피하고 싶다. 아스팔트 위로 뜨거운 햇살이 쏟아져 내리던 날이었다. 숨이 턱 막히는 더위 속에서 나는 시원한 카페를 찾아 헤맸다. 에어컨 바람 아래 아이스 아메리카노 한 잔이 주는 시원함은 물론 좋지만, 문득 어린 시절 여름날의 한 장면이 머릿속을 스쳤다.

얼음이 동동 띄워진 차가운 미숫가루 한 사발을 벌컥 벌컥 들이켜던 엄마의 모습. 그리고 그 옆에서 땀을 삐질삐질 흘리면서도 달콤하고 고소한 미숫가루를 연신 들이키던 나의 모습. 이상하게도, 그 순간 나는 차가운 커피 대신 엄마의 미숫가루 한 잔이 간절해졌다.

내 어린 시절 여름은 온통 땀과 열기로 가득했다. 에어컨은 사치였고, 선풍기 바람은 뜨거운 공기를 이리저리 휘저을 뿐이었다. 그런 더위 속에서 엄마의 미숫가루는 단비 같은 존재였다. 아침 일찍부터 부엌에서는 볶은 곡물들이 고소한 냄새를 풍겼다. 보리, 현미, 콩, 깨… 엄마는 매년 직접 볶고 빻아 미숫가루를 만들었다. 대충 만들지 않았다. 각 곡물의 비율을 맞추고, 불 조절에 신경 쓰며 정성껏 준비하셨다.

뜨거운 여름날, 엄마가 커다란 양푼에 얼음을 가득 넣고 미숫가루를 휘휘 저어주시면, 그 고소하고 시원한 냄새가 온 집안에 퍼졌다.

초등학교 수업을 마치면 우리는 곧장 놀이터로 달려 갔다. 친구들과 숨바꼭질을 하고, 미끄럼틀을 타고, 시소에 몸을 싣고 해 질 녘까지 뛰어놀았다. 등에 땀 으로 지도가 그려지고 얼굴은 새빨개져도 지칠 줄 몰 랐다. 그렇게 해가 뉘엿뉘엿 넘어가고, 어둑해질 무렵 이면 멀리서 엄마의 목소리가 들려왔다.

"성예야~! 성희야~! 성민아~!!"

엄마는 맞벌이하셨다. 아침 일찍 집을 나서 회사로 향 하시고, 저녁 무렵이 되어서야 파김치가 되어 돌아오 셨다. 피곤한 몸을 이끌고 집에 들어서자마자 곧바로 부엌으로 향하셨을 엄마의 뒷모습이 눈에 선하다. 뜨 거운 불 앞에서 저녁밥을 짓고, 찌개를 끓이면서도 우 리는 잘 놀고 있는지, 배고프지는 않은지 신경 쓰셨을 것이다.

엄마도 힘들었을 그 시간, 우리가 놀이터에서 지쳐 쓰 러지기 직전까지 뛰어놀고 있을 때, 엄마는 헐레벌떡 저녁 준비를 하면서도 잠시 손을 멈추고 시원한 미숫 가루를 타셨을 테다. 그리고 멀리서 들려오던 그 목

소리, "성예야~! 성희야~! 성민아~!!" 세 남매의 이름
을 하나하나 부르는 엄마의 목소리는 단지 '집으로
오라'는 신호가 아니었다. 땀과 더위에 지쳐있던 우리
에게는 사막에서 만난 오아시스와 같았다. 그 소리에
는 하루 종일 일하고 돌아와 힘들었을 엄마의 고단함
과 그럼에도 자식들을 먼저 생각하는 애틋한 사랑이
가득 담겨 있었다. 동생들과 나는 그 소리에 맞춰 놀
이를 멈추고 약속이라도 한 듯 일제히 집으로 향했다.
엄마가 저녁밥을 다 지어놓고 시원한 미숫가루와 함
께 우리를 기다리고 있다는, 세상에서 가장 따뜻한 신
호였다.

집에 들어서면 엄마는 언제나 활짝 웃으며 땀투성이
가 된 우리를 맞았다. 그리고 주방에서는 시원한 미숫
가루 냄새가 솔솔 풍겨왔다. 엄마가 주는 미숫가루는
그 어떤 음료보다 달고 시원했다. 동생들과 나는 서로
먼저 마시겠다며 투닥거리면서도, 한 모금 한 모금 그
시원함을 만끽했다. 미숫가루 한 잔이면 아무리 더워
도 다시 뛰어놀 힘이 솟아났다. 땀으로 얼룩진 얼굴로
도 다시 장난기 가득한 웃음을 지을 수 있었다. 엄마

의 미숫가루는 어린 시절의 나에게 여름을 두려워하지 않고 마음껏 즐길 수 있는 힘과 위로, 그리고 가족의 따뜻한 사랑이 듬뿍 담겨있었다.

시간이 흘러 나도 어른이 되었고, 한 아이의 엄마가 되었다. 이제는 뜨거운 여름을 시원하게 보낼 수 있는 다양한 방법들이 넘쳐난다. 편의점만 가도 얼음컵과 커피, 탄산음료가 즐비하다. 하지만 가끔은, 아니 솔직히 말하면 꽤 자주, 문득 엄마의 미숫가루가 그리워진다. 그것은 단지 맛에 대한 그리움만은 아니다. 복잡한 사회생활 속에서 치이고 지칠 때, 어릴 적 그 미숫가루처럼 내 마음을 시원하게 해줄 무언가가 절실하다.

지금의 나는 어린 시절의 나보다 훨씬 많은 것을 가지고 있지만, 동시에 훨씬 더 많은 것에 얽매여 살아가고 있다. 끊임없이 치열한 경쟁 속에서 살아남아야 하고, 타인의 시선에 맞춰 자신을 포장해야 할 때도 많다. 이런 답답함 속에서 시원한 커피는 그저 일시적인 각성 효과를 줄 뿐, 내 안의 답답함을 근본적으로

해소해 주지는 못한다. 오히려 카페인의 힘으로 버티는 일상 속에서 나는 점점 더 지쳐가는 것을 느낀다.

그래서 나는 엄마의 미숫가루처럼 살고 싶다는 생각을 한다. 꾸밈없이, 시원하게, 그리고 어떤 순간에도 나 자신을 잃지 않으면서 훨훨 날아다니고 싶다. 마치 얼음 동동 띄운 미숫가루를 벌컥벌컥 들이켜듯, 세상의 잣대나 불필요한 고민들은 시원하게 넘겨버리고, 내 안의 진정한 갈증을 해소해 줄 무언가를 찾아 나서고 싶다. 그것이 내가 진정으로 원하는 삶의 모습이다. 엄마의 미숫가루가 내게 가르쳐준 것은, 인생의 어떤 더위 속에서도 '진정으로 필요한 것'은 의외로 소박하고 본질적인 것에 있다는 사실이다. 화려한 카페의 달콤한 케이크나 비싼 커피가 아니라, 정성껏 볶아 만든 곡물들이 주는 고소하고 담백한 맛처럼. 겉으로 보이는 화려함보다는 내면의 충만함과 솔직함이 더 중요하다고 말이다.

이제 나는 뜨거운 여름이 오면 엄마에게 미숫가루를 보내달라고 조른다. 직접 만들어 먹을 수도 있지만,

엄마가 보내주시는 미숫가루 속에는 어린 시절의 추억과 변치 않는 사랑이 고스란히 담겨 있기 때문이다. 그 미숫가루 한 잔을 마시면, 마치 엄마가 건네는 다정한 위로처럼, 내 안에 뭉쳐 있던 답답함이 조금씩 녹아내리는 것을 느낀다.

뜨거운 여름, 나는 여전히 아이스 아메리카노를 마시기도 할 것이나. 하지만 그 속에서도 마음 한편으로는 엄마의 미숫가루를 떠올릴 것이다. 그리고 미숫가루처럼 시원하고 투명한 마음으로, 세상의 잣대에 얽매이지 않고 내가 원하는 방향으로 훨훨 살아가리라 다짐할 것이다. 때로는 넘어져도 괜찮고, 조금 돌아가도 괜찮다. 미숫가루 한 잔이 주는 시원함처럼, 내 삶 또한 고소하고 담백하게 흘러가기를 바란다. 그렇게, 나는 오늘 이 여름을 엄마의 이름 부르는 소리 속에 담겼던 사랑처럼, 시원하게, 훨훨 살아가고 싶다.

여름

오월에 오롯이
당신의 향을 쫓아
음미하던 바람결에 입 맞추니

아득해지는 기분이
달아오른 온도감이
이제는 봄이 끝났음을 알렸네

어지러웠던 꽃 놀음 그치고
붉혀진 뺨은 그을린 척하며
남몰래 드리운 흑심

따갑게 내리쬐는 햇살에 들킬까
조마조마 익어만 가는
이 여름, 달뜨는 마음

아이스크림

태양도 녹이지 못한
마음 한 컵
손바닥 열기에는
녹아 흐를 테지요

이번 여름에는
당신 손 한번
잡아볼 수 있을까요

한여름

여름의 조각조각
그 더위들을 모으면
한여름이 될 줄 알았는데

누군갈 뜨겁게 사랑한
한 마음이 맞춰져 있었습니다

초록의 계절

아침 빛에
사각사긱 간질긴질 연한 언두 잎
반짝반짝 눈부신 초록의 장막
따뜻한 여름 햇살 부서지는
푸른 너울 펼쳐 보이며

내 안에
초록의 바람이 불고 불면

햇살 미금은 사랑
싱그러운 바람 향 머금은 희망

내 곁에 더 머물러
내 마음에 더 가득 불어와

그날의

걷는 길, 온도와 그 향은

푸르름의 새 녘 바람의 향

시들지 않는 초록의 계절

다시 눈을 감고

내 마음 깊은 곳 늘 푸른 초록의 숲

눈부신 여름날의 초록아,

나는 너에게 무엇을 더 볼까?

청아한 여름

청아한 여름

엄청 무더운 날씨의 여름
너무 더워 목이 마르다 못해
타고 있는 여름

아 음료수 한 잔만 먹고 싶다
아 시원한 물 한 잔이 고프다

그렇게 계속 섣나 보니
보이는 너

네가 준 그 시원한 음료,물 보다
더 응원이 됐던

청아한 너 그런 너

그냥
이렇게만 써 내려가는 중이다

이제는 내가 너에게
청아한 물이 되어 응원하랴

우리의 아름답던 여름
뜨거운 여름
그 어느 때보다 청아한 여름이
우리를 한층 더 성장시켰다.

무더운 여름의 얼음

무더운 여름 덥다 못해 끓는 여름에
내가 먹던 얼음 하나

저기 더워 보이는 태양 입에
하나를 주고 두 개를 주고 세 개를 주니
차츰 시원해지는 날씨

'아~시원하다'
그러다 둔탁한 소리와 함께
깨지는 얼음

'아잇 다시 덥잖아'

비 온 뒤 맑음

뜨겁고 숨 막히는 여름을
온몸의 땀방울로 견뎌낸 그대여,

눈부신 햇살이 구름 뒤로 숨고
장마는 끝없이 이어지며
폭풍은 마음마저 휩쓸어 가고
축축한 공기 속에서도
묵묵히 걸어가던 그대여

끝나지 않을 것만 같은 계절은

어느 날 문득 저물고,
파란 하늘이 활짝 열리며
구름 한 점 없이 높고 맑은 가을은 온다

긴 여름의 끝엔
반드시 맑은 날이 있으니,

지금 이 시간을
고요하고 담대하게

열대야

강렬하고 뜨거움이 지나
은은하게 퍼지는 잔열

가시지 못한 열기의 흔적에도
여름은 묻어난다

울어대는 매미 소리와
작은 바람 한숨에 비벼지는 풀잎 소리

켜진 가로등 아래
어깨를 살짝 스치는 그림자 두 개
말 대신 웃음이 번지는 그 틈에서

손끝에 스친 온기가
숨겨둔 마음을 조심스레 꺼내고
달빛은 모른 척 발끝을 덮는다

어설픈 말투 속
덜 익은 계절이 흔들리고
심장은 조용히, 그러나 분명히 뛰고 있다

이 순간은 언젠가 잊히겠지만
이 설렘만은 오래도록

마치 여름밤의 잔열
이것은 열대야

풋풋한 여름

여름의 푸릇함을 잃고 싶지 않아

풋풋한 사과도 결국 때를 놓치면 썩어간대
여름은 지나갈 테고, 우리 인연도 끊어지게 될 거야

그러니 우린 풋풋한 사과 한입 베어 물자
다신 돌아오지 못해 후회하지 않을 여름을 기약하며

여름의 푸릇함을 간직하기 위해 싱그러운 사과를 꿀
꺽 삼키자

풋풋한 여름을 베어 물자

여전히 여름 짝사랑 중

어느넷 내 눈앞에
힐금힐금 엿보기만 하던 여름이 찾아왔다

여전히 여름을 짝사랑하는 중이야
이대로 녹아내려도 좋으니
녹은 아이스크림처럼, 이대론 사라지기 아쉽게 대해줘

여름의 이름을 불러줘
송골송골 맺히는 땀방울마저
알록달록 반짝이는 비즈로 보여

여름의 색감이 어우러져 팔레트에 물들고
지울 수 없는 그해 여름의 흔적을 남긴다

수수한 이름

바람결에 휘날리던 머리칼과
찰랑이는 녹 빛 바다에서도 여름을 불러

잔잔하게 일렁이던 금빛 황혼의 시간에
네 이름 석 자를 소중히 어루만져

마루 빈틈을 빽빽이 채우는
숟가락 아래로 뚝뚝 흐르는 아이스크림,
사랑 고백을 집어삼킨 매미와 높아지는 심장 박동마저

때 묻지 않은 수수한 여름이야
때 묻지 않을 수수한 이름이야

여름밤, 나라는 별

여름밤, 나라는 별

햇살은 하루 종일 지치도록 날 태우고
매미는 아직도, 저 멀리 울고 있어.

뜨겁던 낮이 식어갈 무렵
조금은 젖은 공기 속에서
나는 조용히 떠올랐지 —

여름밤, 나라는 작은 별.

사람들은 더위를 피해 잠든 사이
너만은, 가끔 하늘을 올려다보더라.

그 순간을 기다려
나는 오늘도 나를 반짝인다.

빛이란 게 원래 이렇게 뜨거운 줄 몰랐어.
너를 향하고 나서야 알게 됐지.

이 짧은 계절이 끝나도
네가 한 번만 더 올려다봐 준다면
나는 그때도, 여전히 여름일 거야.

여름이 오면

여름이 오면
매미들이 맴맴 울어대지

여름이 오면
벌레들도 스멀스멀 나타나지

여름이 오면
첨벙 첨벙 물놀이하지

여름이 오면
아삭아삭 수박과 아이스크림을 먹지

여름이 오면
배탈 조심조심

여름의 청명이 전해온 메시지

누구를 만나든지
너를 만나는 사람의 마음이
여름날의 푸른 초록 그늘처럼
차츰 맑아지게 하는 사람이 되어주길

어디에 가든지
네가 있는 자리마다
여름 새벽의 짙은 안개를 물리치는 해처럼
고요하나 힘 있게 밝히는 사람이 되어주길

사람을 귀히 여길 줄 알아
감정의 노예로 묻히지 않되
여름밤의 탁 트인 밤하늘처럼
마음을 공감하며 찾아지는 사람이 되어주길

평범을 감사해할 줄 알아
당연하지 않은 오늘을 허투루 보내지 않고
한여름의 찌는 불평 대신
시원한 폭포를 즐기는 즐거움으로
일상의 기쁨을 나누고 누리는 사람이 되어주길

여름의 청명이
내 생각 구석에서
그리고
내 마음 내 끝에서
잔잔한 메시지로 읊조려온다

엄마의 여름을 부탁해

여름에 드니 엄마의 일상이 빨갛게 달아오른다

여름의 오늘을 더 빨리 인사하는 엄마의 거친 날숨이
잠시 숨을 고를 수 있도록

따가운 볕을 살며시 붙잡고
초록의 울창한 숲으로 가려 주렴

여름이 닿으니 엄마의 온몸이 파랗게 물이 든다

나그네 걸음 되어 무겁게 주저앉아
인생의 허무가 안개처럼 내려앉더라도
세월 보따리 무게를 풀어 놓을 수 있도록

달달한 미숫가루 한 잔 들이켜는 자리
그저 모른 체 푸른 그늘이 되어 주렴

가난의 잔기침에 잠 못 드는 여름밤
거친 비바람 잡아주는 초록의 여름 향기야
엄마의 여름을 부탁해

푸른 고독에 흔들리며 깊어가는 여름
지독하게 뜨거운 태양을 붙잡는 초록의 여름 무성한
숲들아
엄마의 여름을 부탁해

고요한 시골 개울 돌다리 위로 매미 울음이 떠내려가면
와자지껄 시끄러운 시름 아래로 엄마의 눈물도 흘러
내린다

홀로 조용히 시간을 더듬으며
엄마의 여름을 부탁한다

여름이라는 계절처럼,
지금 나는 피어나고 있다

사계절 중 여름은 가장 뜨겁고, 가장 생명력이 넘치는 계절이다. 봄의 조심스러운 기지개를 지나, 이제 다가오는 여름은 머뭇거림 없이 모든 생명체들이 폭발하듯 피어난다. 나무는 온몸으로 햇빛을 받아내며 짙푸른 잎을 끝없이 뻗고, 들판은 푸르름으로 출렁이며, 꽃들은 한껏 활짝 피어 자신의 존재를 주저 없이 드러낸다. 땅속 깊은 곳까지 데워지는 열기, 하늘을 찌를 듯한 태양의 기세, 쉼 없이 울려 퍼지는 매미 소리까지 — 여름은 그 어떤 계절보다도 생명의 목소리가 크고 확실한 계절이다. 공기마저 진동하는 듯한 그 뜨거운 생기. 가만히 있어도 땀이 맺히는 날씨처럼, 여름은 삶이 바깥으로 솟구치고자 하는 본능을 막을 수 없게 만든다. 이 계절엔 기다림도 없고, 숨음도 없다. 망설임을 허락하지 않는 계절. 피할 수 없는 절정. 여

름은 단지 따뜻한 계절이 아니라, 자신을 있는 그대로
세상 앞에 내보이는 계절이다.

그리고 나는 지금, 그 여름을 닮아가고 있다.
조용히 움츠렸던 시간들을 지나, 이제는 나를 가두었
던 것들로부터 조금씩 빠져나오고 있다. 더 이상 눈치
를 보며 머뭇거리지 않고, 나를 숨기지 않는다. 나는
지금, 피어나고 있다.
그것도 아주 뜨겁고 분명하게. 마치 여름처럼.

하지만 여름은 그 절정에 이르기 전에 반드시 장마를
지난다.
그 장마는 결코 짧지 않다. 매일같이 쏟아지는 비, 그
칠 줄 모르는 흐림. 햇살은 잠시 숨고, 세상은 눅눅함
과 무기력함에 잠긴다. 그 속에서는 삶의 속도도, 마
음의 온도도 가라앉는다.
그러나 아이러니하게도, 여름은 바로 그 장마 이후에
야 비로소 뜨거워진다.

내 삶의 여름 또한 그랬다.

나는 네 아이의 엄마이자 워킹맘이었다. 누구보다 바쁘고, 누구보다 열심히 살았다.

워킹맘으로서의 일과 주부로서의 일, 그 어느 하나도 소홀히 할 수 없었다.

낮에는 누구에게나 인정받는 워킹맘이 되어야 했고, 퇴근 후에는 정리정돈이 잘 된 집안과 따뜻한 식사를 준비하는 엄마가 되어야 했다. 하루 24시간은 늘 부족했고, 주말조차 온전히 쉴 수 없었다. 아침엔 네 아이의 식사를 준비하고, 밤엔 아이들 한명 한명 챙기며 하루를 마감해야 했다. 그렇게 몇 해를 달리다 보니, 어느새 나는 내 이름을 잃어버린 채 살고 있었다. 몸보다 마음이 먼저 지쳤고, 마음보다 먼저 건강이 무너졌다.

아무리 버텨도 몸은 정직했다. 병원에서 진단받은 '뇌종양'이라는 병 앞에서, 나는 처음으로 멈출 수밖에 없었다.

그때 깨달았다. '그렇게 애쓰지 않아도 돼.'라는 말을 그 누구도 나에게 해준 적 없다는 사실을. 그 말을 해

줘야 할 사람은 바로 나 자신이었다는 것을. 몸이 멈추자 마음이 고요해졌다.

고요 속에서 오래도록 잊고 지냈던 어떤 속삭임이 다시 들리기 시작했다. 그건 어린 시절부터 마음 한 켠에 품어두었던 꿈이었다. 언젠가는 글을 쓰고 싶다는 마음, 누군가의 삶에 따뜻한 말을 건네는 사람이 되고 싶다는 소망.

그러나 나는 그 꿈을 '현실'이라는 이름으로 덮어두고 살았다. '나중에, 언젠가'라는 말을 하며 미뤄왔고, 어느새 그 '언젠가'는 영영 오지 않을 것만 같았다. 하지만 몸이 아파 쉬게 된 그 시간에, 나는 다시 꿈을 꿨다. 그리고 처음으로 나를 위한 선택을 했다. 하루 10분, 20분씩이라도 글을 썼다.

거창하지 않았다. 그저 내 하루의 감정, 나를 스쳐 간 생각, 나를 버티게 했던 말들.
그렇게 조용히 나를 꺼내어 적어 내려가기 시작했다.
신기하게도, 글을 쓸수록 나는 조금씩 살아났다. 매일의 문장이 나를 위로했고, 지난날의 흔들림이 글 속에서 정리되었다. 글은 내 안의 무너진 구조를 다시 세우는 도구가 되었고, 나는 그 위에 나를 조심스레 다시 세워나갔다.

지금의 나는, 장마를 견딘 뒤 찾아온 여름 같다.
처음에는 모든 것이 어색하고 조심스러웠지만, 이제는 조금씩 자신감을 가지게 되었다. 내 이름으로 글을 쓰고, 나의 목소리로 세상과 연결된다.

나는 여전히 엄마다. 여전히 일도 하고, 집안일도 한다. 하지만 이제 그 역할들이 '나'를 삼키지 않는다. 그 속에서도 나는 여전히 나로서 존재하고, 피어난다. 내 삶의 절정이 지금이라고 단정할 수는 없지만, 나는 분명히 이전과는 다른 온도로 살아가고 있다. 열정이 생기고, 삶이 선명해진다. 다시 시작한 삶 속에서, 나는 여름처럼 자라나고 있다.

여름이란, 단지 뜨거운 계절이 아니다. 그건 '피어나는 용기'다. 장마라는 고단함을 견뎌야만 만날 수 있는 생의 정점이다. 누구나 쉽게 올 수 있는 시기가 아니라, 기다림과 인내 끝에 맞이하는 계절이다.

그리고 나는 이제 알게 되었다. 삶의 어느 계절이든 내가 나를 잃지 않는 한, 그 계절은 결국 나를 위해 존재한다는 것을.

이제 나는 여름처럼 살고 싶다. 두려움에 갇히기보다, 내 안의 생명력을 믿고 앞으로 나아가는 삶. 다시 젖고 다시 흔들릴지라도, 언젠가 또다시 뜨겁게 피어날 수 있음을 믿는 삶.
나는 지금, 여름이라는 계절처럼 피어나고 있다.

누구의 이름도 아닌,
오롯이 내 이름으로.

계절성 우울증

뉴스를 본다. 여름이 길어지고 있다.

서른을 갓 넘긴 나의 삶을 반추해 보면 여름은 매번 길었다. 다 먹은 아이스크림 막대기를 손가락 사이에 끼우고 버스를 기다리는 동안 중얼거린 벌써, 드디어, 같은 말은 여름보다도 지루한 것이었다. 여름이 더 길어진다고 해서 새로운 것은 없어 보였다. 일 년이 통째로 여름이 된다 해도.

계절성 우울증.

우울증이 병이라기보다 유행처럼 번지던 시기에 알게 된 단어였다. 겨울철 줄어드는 일조량과 함께 마음에 그림자 드리운 날이 길어지며 우울감이 생기는 거라 했다. 봄이 오면 나아질 거라는 무의미한 위로가 무의미하지 않은 유일한 병이었다.

그러나 나는 여름을 틈타 우울했다. 봄에는 두려워했고 가을에는 안도했으며 겨울에는, 추웠다.

그 시기 내가 살던 동네는 골목마다 인적이 드물었다. 함께 마시는 술보다 혼자 마시는 술의 알코올 취가 더욱 심한 것처럼, 인적 드문 골목의 취객은 유흥가의 취객보다 위협적인 분위기를 풍겼다. 일과를 마치고 들어가는 골목에서 마주친 술 취한 노인은 낮은 목소리로 꾸준히 무언가를 읊조렸다. 그의 인생 전부가 거기에 있는 것만 같아 나는 이어폰의 볼륨을 낮추고 그에게 집중했다. 주의 깊게 들어도 들리지 않는 그의 인생은 나의 면전에서 나의 귀를 지나 나의 뒤통수를 조금 건드리다 흐려졌다.

귀가가 꾸준히 늦어지던 때였다. 그 전에 본 적 없던 이 노인은 인적 드문 골목의 갑작스러운 등장인물이 아닌 새벽의 NPC였다. 갑작스럽게 위협을 가하진 않을까 하는 걱정은 꾸준한 마주침 속에 무뎌졌다. 그렇다고 그와 어깨를 스칠 만큼 가까이 다가갈 마음은 없었다. 가끔 나를 따라오는 노인의 탁한 눈동자를 두려움과 죄책감이 없어질 때까지 무시하며 걸었다.

여름은 그런 계절이었다. 그날부터 지금까지 꾸준히, 여름은 술 취한 노인의 언제 끝날지 모르는 중얼거림 같은 날들의 모임이었다.

"나는 여름 푸르러서 좋아해."

예진은 십 년도 전에 만나던 여자 친구의 이름이다. 예진과 나는 매우 가까운 곳에 각자 자취를 하고 있었고, 나는 거의 예진의 집에 머물렀다. 예진의 집은 좁고 다정했다.

예진이 책상에서 공부하면 나는 침대에 누워 책을 읽었다. 침대에서 손을 뻗으면 예진에게 닿았고, 예진이 손을 뻗으면 화장실 문에 닿았다. 그 좁은 방에도 제습기를 두고 빨래를 말렸고 화장실의 습기를 잡았다.

아랫집에서 담배 연기가 올라오는 것 같으면 나는 예진을 툭 툭 건드렸다. 보이지 않는 공기 중의 물 분자들이 담배 연기를 안고 무겁게 가라앉으면 우리는 아무리 더워도 창문을 열었다. 열면, 여름이 밀려 들어왔다. 그러면 예진은 아직은 냉기가 남은 침대에서 냉감 담요를 몸에 감싸고 누웠다. 저녁이면 늘 밤 산책을 했다. 여름에도 선선한 바람이 분다는 것이 신기해서 우리는 벌레 물리는 줄도 모르고 오래 걸었다.

예진과의 여름은 한해로 끝이었다. 나는 다음 해 5월에 입대했고 신병 휴가를 갈 때까지 갈수록 빨라지는 일출의 햇볕에 몸을 데우며 아침마다 구보를 뛰었다.

군복에도 하복이 있어서 여름에는 소재가 얇았고 상의는 소매를 걷어 입었다. 그럼에도 버스에서 내려 예진을 기다리는 동안 온몸은 땀에 젖었다 썬크림이 땀에 녹아 눈에 들어가 따가웠다. 빨간 눈 주변을 휴지로 자꾸 훔치는 동안 예진은 오지 않았다. 오랫동안 그 자리에 서 있느라 나는 여름이 너무 길다는 것도 알아채지 못했다.

"여름이 되면 우울해지신다고요?"

의사는 갸웃하며 내 이야기를 들었다. 일조량이 없고 활동량도 줄어드는 겨울이라면 해 드는 날 바깥 산책을 좀 해보는 게 어떻냐는 말을 들었을 겠지, 생각했다. 상담은 더 길게 이어지지 않았다. 상담하러 자주 올 수 없으니, 약이라도 길게 처방해달라고 했으나 약은 2주분이 전부였다. 그마저도 나른한 기분이 싫어 다 먹지 않고 여름이 지났다.

그리고 오늘, 여름이 길어지고 있다.

누구를 탓해야 할지 모를 때는 맥락 없는 헛소리라도 꺼내고 싶어진다. 상대는 누구라도 좋다. 술 취한 노인이라도, 푸른 여름밤 산책에 나선 예진이라도, 모니터에서 눈을 떼지 않던 의사라도.

"여름이 길어지고 있답니다."

그동안 몇 번의 여름이 노인을 지났을까. 그동안 노인의 가죽은 바싹 마르고 헛바닥은 힘을 잃었겠지. 그동안 나는 노인의 곁을 몇 번 지나쳤을까. 누군가 노인의 말을 들어줬다면, 그가 성불하여 사라지지 않았을까 하는 상상력 가미된 가능성으로 그를 떠올린다.

"여름이 길어지고 있대."

예진에 대한 것은 이제 대부분이 흐릿하다. 환경문제나 경제 흐름의 변화 따위가 이어졌을거라고 생각한다.

"여름이 길어지고 있대요."

의사는 모니터에서 잠깐 눈을 떼고 나를 바라볼지도 모른다.

"그래서 두려우실까요?"

나는 두려운 걸까? 돌림노래 속에 변주가 끼어든다. 견딜 만한 날들이 눈치채시 못할 만큼 조금씩 늘어난다. 이러다 일 년이 통째로 여름이 되면 어떡하지? 언제 끝날지 모르는 무관심을 서로에게 반복하며 스스로에게 강요하며 나른하고 축축하게.

"뭔가 지나온 것 같은데, 지나온 것 같지 않아요."

토닥토닥토닥토 닥 토 닥 토 닥   토   닥

여름이 길어진다. 나에게 건넨 손의 땀자국이 회색 티
셔츠에 선명해질 때까지.

습한 기후

당신의 손바닥은 여름의 습한 기후
겹친 손금 사이에 고이는 지루한 땀

나는 당신의 손에 이끌려 시장에 간 적이 있다
머리와 깃털을 잃은 생닭이 매달린 곳
채소는 붉은 고무대야에서 자라는 줄 알던 나이

눈으로 당신을 따르기엔 산만하고
소리로 당신을 다르기엔 소란하던 곳
자꾸 빼고 싶던 축축한 곳에 이끌려 간 적이 있다

나는 당신의 손에 이끌려 교회에 간 적이 있다
예수 그리스도 못 박힌 십자가가 크게 매달린 곳
착한 아이 나쁜 아이 정죄하길 즐기던 나이

꽉 쥔 손에만 땀이 난다
한겨울 추위 속에도 겹친 손 사이
덩굴처럼 무성하게 자라나던 습한 기후

지금은 여름이 깊어가고
습한 기후의 먹먹한 숨을 들이쉬며 잠들 때
열병처럼 피고 저무는 기억들

기억은 때마다 모양을 바꾸는 서글픈 잔치
그러나 감각은 계절 같은 영원

나는 길을 잃어도 주저앉아 울지 않는 나이
얼굴에 흐르는 땀을 두꺼운 손으로 훔치면
선명한 당신의
눈 코 입

1. 박지연

아이스크림

무더운 더위
햇빛이 유난히 반짝이고
달콤한 널 찾는다

여름아!
너에게 시원함을 주고 싶어서
네게 달콤함을 선물해

네가 더 반가운 이유는
아무리 덥고 짜증 나도
네가 있어 여름아

널 시원하게 해주고
나의 달콤함으로

널 행복하게 해줄게

네가 오길 기다려
넌 나의 사랑스러운
여름이니까

다이어트

내가 얼마나 노력했는지
너는 모른다

네가 올 때를 대비해서
그간 얼마나 운동을 하고
식단을 조절하고
식욕을 참아왔는지
너는 모른다

짧은 치마, 비키니 수영복
네가 올 것을 대비해
난 오늘도 운동한다

뜨거운 태양 강한 햇빛

난 널 기다린다

여름아!

네게 더 이쁘게 보이고 싶은 내 욕심에

포레스트 웨일

공동 작가

반짝이는

반짝이는 별들

계절 상관없이
저녁에 별들이 모여
별자리가 되고

반짝임을 보여주는
별들은 그속에 보석함
과 같으니

어두운 밤의
길을 알려주는 반짝이는
별들의 길을 따라가네

막막한 불빛

흐려져 가는 기억을 붙들고
새로운 기억으로 덧칠하려 해

주어진 것에 감사하기엔
주어진 마음이 너무 없어서

잊지 않으려, 잊지 않으려 안간힘을 쓴다.

아주 깊은 밤, 길을 잃었을 때
밝혀주던 가로등 같은
막막한 불빛 같은 사람이었던

그런,
너 없는 새벽이 익숙해지면

내 아침도 그렇게 밝아올까,

하염없이,
내 마음 날아갈까 도망갈까
떨리는 손으로 꾹꾹 눌러 본다.

낮별

밤을 비추기 위해,

낮에도 형체 없이 떠 있는
저 하늘의 별처럼,

너의 고요한 밤을
조용히 밝혀 줄게

초승달과 보름달의 사이,
그 사이에서도 항상 널 사랑해

장미꽃 한 송이

장미꽃,

한 송이 숨어 있어도

향기가 매력적인 그미

햇빛에 가려져도

반짝이는

보석

그늘 속에서도

늘 눈부시게

반짝이는 반딧불

어두운 들판 끝에서
반짝이는 반딧불을 처음 보았던 날이 있다.
세상이 내 안에서 꺼져가고 있다고 믿었던 밤이었다.
말 한마디 꺼내는 것조차 버거운 날,
나는 그냥 걸었다.
누군가에게 보이지 않아도 괜찮은 밤.
기억되지 않아도 그만인, 그런 밤.

그때였다.
내 발끝을 스치듯 지나간, 아주 작은 빛 하나.
불현듯 나타났다가
숨을 고르듯 깜빡이며 사라졌다.
그건 누구에게도 눈에 띄지 않을 만큼 조용했고,
누구도 신경 쓰지 않을 만큼 작았다.

하지만 나는, 그 반딧불 앞에서
처음으로 가슴이 미세하게 흔들렸다.

어쩌면 삶도 그런 게 아닐까.
매 순간 거창한 의미를 요구하며
무언가가 되어야 한다고 스스로를 몰아세우지만,
결국 나를 다시 살게 하는 건
그렇게 문득 나타나는 '작은 빛' 하나일지도.

반딧불은 오래 머물지 않는다.
금방 사라지고,
돌아서면 흔적도 없다.
하지만 그 찰나의 반짝임이
내 안에서 어떤 문장을 만들었고,
어떤 온기를 남겼는지는
나만이 안다.
그리고 나는 그 기억으로
여전히 살아간다.

사람도, 마음도, 사랑도

가끔은 반딧불 같다는 생각을 한다.

짧게 스쳐 가고,

그 짧음 때문에 더욱 반짝이는 존재들.

잡으려 하면 사라지고,

놓치면 끝내 다시는 오지 않는.

나는 누군가에게

그런 반딧불이었던 적이 있었을까.

혹은 지금,

누군가의 어둠 속을 지나는 그 길목에

내가 반짝일 수 있다면.

아무 말 없이,

아무 대가 없이,

그저 작고 조용한 빛 하나로

누군가의 밤을 지나는 동안

잠시 길을 밝혀줄 수 있다면.

그 반짝임이면,

충분하다.

널 만나러 가는 길

설렘 한 스푼
수줍음 한 스푼
행복 한 스푼
예쁨 한 스푼
함박미소 두 스푼
새침 한 꼬집

우리 미소와 우리 눈빛
반짝임 열 스푼.

별 담은 소쿠리

여름밤
내리는 비가 당신을 데려갑니다
발걸음 재촉해 따라가 봅니다

강물 되어 흐르는 당신
소리높여 불러보지만
닿지 않습니다

고개 들어 하늘 보니
여름별이 된 당신

별 담는 소쿠리가 되어
반짝이는 당신을 담겠습니다.

유리병

나 홀로 서 있는 이곳,
도시 속에 반짝반짝 빛내고 있는
저 야경을 내 눈에 담는다

마지막에 담고 싶었던,
나의 별 조각은
아마 이 야경이지 않을까

이제는 유리병 속 문을 닫아야겠다
이 야경이,
나의 마지막을 빛내주니까.

별을 품은

따스함 속
코스모스 한 송이
그 안에서는
밤이 피었다

노랗고 고요한 별들이
잔잔히
숨 쉬고 있었다

우주가 있다면
이런 모습일까

너는 네 안에
맑은 별을 품었구나

작고 영롱한 빛으로
끝이 없는 잔물결처럼
우주를 이루어지는 너

나는 이제
밤하늘이 아닌 꽃밭에서
소원을 빈다.

반짝이는 것들은 모두
별이라 부를 수 있을까

반짝이는 것들은
어디서부터 왔을까

아이들이 조약돌을 주워 들고
눈빛에 담는 순간부터
그건 별이 되었다

까마귀는 반짝이는 걸 훔쳐가고
왕은 순금을 걸치고
여인들은 가락지를 낀다
모두 오래전,
별에서 떨어진 것을 알아보는 본능

반짝이는 것들은 별에서 왔다
보석도, 귀걸이도,
유리잔에 비친 너도
한때는 별의 숨결이었다

초신성의 부스러기들은
탄소의 구조로 이루어진
아득한 기억
심장이 두근거릴 때마다
별 하나가 반짝이는 것처럼

사랑을 고백할 때
반짝이는 반지를 건넨다

우리는 별을 보면
설명 대신
마음을 먼저 펼쳐본다
이유보다 먼저 반응하는 눈빛으로

반짝이는 것들은
모두 별의 조각일까
아니면
우리 안에 남은 별의 기억일까

너와 나도
결국 별의 내부에서 왔으니
반짝인다고 할 수 있을까

반짝이는 여름의 조각

반짝이는 너는

창밖에 빛이 흩어질 때마다
나는 네 생각을 해
반짝이는 건 늘 예고 없이 찾아와
눈부시게 아프게 하고는

다시 조용히 스며들어
너의 웃음이 그랬지
햇살 아래, 바람 따라 흔들리던
그 계절의 끝자락에서

나는 너를 놓쳤어
이제 반짝이는 건
별이 아닌 너의 기억
지워지지 않는 흔적처럼

밤마다 내 안에서 번져
지나간 시간을 붙잡을 수 없다는 걸
알면서도
나는 자꾸 그날의 너를 떠올려

반짝이는 순간이
가장 오래 남는다는 걸
너는 알고 있었을까

그래서일까
내 그리움은 늘
너로 시작해서,
너로 끝나

빛이나는 반짝이는

처음부터 그런 건 아니에요
너무 먼 공간 속의 나
어찌해야 할지 모르고
막막한 어둠이 깔린 듯
외로움의 나만의 마음 공간
모르기 전에 불안함
늘 안개가 낀
보이지 않는 쉼터

알아야 할수 있듯
다가가면 다가오는
빛처럼 반짝이는 순간
마음을 여는 그곳

그곳엔 많은 사람들의 향기가 머무는 곳
그곳엔 많은 지혜들이 모인 대백과사전
그곳엔 많은 아름다움을 담은 사진첩
그곳에서 그곳에서
눈코입 마음이 열린다

때론 아름다운 감동으로
때론 눈물 나는 시선으로
웃고. 울고 피고 지고
그곳엔 배움과 깨우침을 준다.

알지 못하는 이 세상 살아가는
누군가의 행복을 담은 사진 한 장 한 장
그 안에서
시작되고 끝나고 다시 시작하는
나의 인생길을 찾아 떠난다.
빛이 나는 빛내주는
반짝반짝
나만의 마음 공간
SnS

반짝이는 빛이 있음을

때론 어둠에 묻혀
간 길을 헤메듯
아무것도 보이지 않는
쓸쓸한 인생길을 걸어

어둠을 잊은 채
밝게 빛났던 화려한 간판의 삶
좀 거리를 두고 빛나려 했던 가로등의 삶
수많은 반짝임 속에 하나였던 별의 삶
때론 홀로 빛을 내야 했던 보름딜의 삶

어둔 길을 걸어도
어둡지 않은 길이 있어

집으로 가는 밤
저 하늘에 달도 밝게 빛나고
깜깜한 어둔 하늘에
하얀 뭉게구름이 환히 보이듯

보이지 않는 길에
보여지는 밝은 길이 있음을
반짝이는 빛이 있음을

반짝이는 여름의 조각

바다

바닷속에는
무수히 많은 무언기가 있고
별을 수놓은 듯
반짝거린다

나도 그렇겠지,
내 속에도 무수히 많은 무언가,
그리고 셀 수도 없이
반짝이는 꿈들이 있겠지

빛난다는 건,

살면서 말이지
항상 반짝거리지만은 않아.
때론 누군가에게 묻혀
잊힐 때도 있지,

하지만 넌 여전히 빛나고 있어
곧 네 차례가 올 거야
마치 번갈아 가며 빛을 내는
해와 달처럼

이십 대의 여름

유난히 해가 길었다.

해가 저도 쉽게 이두워지지 않는 여름이었다.

스무 살, 그리고 그 언저리의 시간들.

그 여름엔 모든 게 처음이었고, 그래서 모든 게 커 보였다.

작은 기쁨에도 환하게 웃었고, 사소한 상처에도 쉽게 아팠다.

나는 그때의 나를 '여름'이라고 부르고 싶다.

뜨거웠고, 반짝였고, 무모했고, 그래서 찬란했던 계절.

그 여름, 우리는 자주 함께였다.

너와 나는 도서관 앞 벤치에 앉아 아이스크림을 나눠 먹었고,

커피 한 잔으로 서너 시간씩 고민을 나눴으며,

하루 종일 흘린 땀을 우스꽝스럽게 흉보며
서툰 위로로 서로를 다독였다.
무엇이 우리를 그렇게 자주 만나게 했는지,
지금은 잘 기억나지 않지만
그땐 만나면 늘 할 말이 많았고,
헤어질 땐 또다시 아쉬움이 남았다.

가끔은 웃고, 가끔은 울었다.
아무도 나를 이해하지 못하는 것 같다는 말,
나는 왜 이토록 흔들리기만 하느냐는 말,
그 말을 들으며 고개를 끄덕였고,
그러다 어느새 서로의 이야기에 스스로를 위로받고
있었다.
참 이상한 일이었다.
상처를 꺼내놓았을 뿐인데,
그 안에서 용기를 건져 올릴 수 있다니.

우리는 자주 밤을 새웠다.
공원 벤치에서, 학교 계단에서, 친구의 자취방에서.
무엇이 우리를 그렇게 오래 붙잡았을까.

대단한 이야기를 나눈 것도 아니었는데,

그 긴 밤들이 지금 돌아보면 참 소중하다.

언제 마지막으로 누군가와 그렇게 마음을 열어본 적

이 있었던가.

그 시절의 우리,

어쩌면 세상에서 가장 진심을 나누던 존재였는지도

모른다.

여름은 쉽게 상처를 남긴다.

햇볕에 타고, 모기에 물리고,

서툰 말에 마음이 베인다.

그리고 그 시절의 우리도 그랬다.

말하지 못한 질투,

덜 자란 마음의 고집,

끝내 조용히 멀어지는 우정도 있었다.

그러나 나는 그마저도 여름 같아서,

지금도 미워하지 못한다.

다만, 조금 더 따뜻했더라면 좋았을걸.

조금 더 솔직했더라면 좋았을걸.

그런 생각을 가끔,

문득,

해가 가장 길어지는 이맘때쯤 하게 된다.

이십 대의 여름,

그 안에서 나는 많이 웃었고,

많이 울었고,

자주 혼란스러웠다.

미래는 멀기만 했고,

세상은 낯설었으며,

나는 나 자신을 잘 모르겠다고 느꼈다.

그러나 어쩌면 그 모든 혼란 속에서도

조금씩, 아주 조금씩 자라고 있었는지도 모른다.

그 시절을 지나온 지금,

가끔은 그때의 내가 그립다.

서툴렀지만 정직했고,

무모했지만 진심이었고,

가난했지만 서로에게 마음을 내어줄 줄 알았던.

이젠 그토록 긴 밤을 나눌 친구도,

모든 걸 털어놓을 용기도,

한낮을 걸어 다닐 체력도 없지만,
나는 그때의 나를 안다.
그리고 그때의 너를,
그 시절의 우리를 잊지 않는다.

문득 생각난다.
그 여름의 하늘,
우리가 걷던 길,
작은 웃음 하나에도 세상을 다 가진 것 같던 그 순간
들.
지금의 나는 그리 많지 않은 말로
그 시절의 너에게 이렇게 말하고 싶다.

"그 여름, 너는 참 좋았어.
참 잘하고 있었어.
그리고 니는
그 반짝이던 마음 덕분에
지금의 나를 만들었어."

그래서 나는,
해마다 여름이 오면
마음속으로 너를 부른다.
스무 살의 너.
그 계절의 나.
그리고 우리가 나누던 긴 밤과 우정과 고민들.

여름은 돌아오고
그때의 기억은
조금씩 더 조용히,
그러나 더 깊이
내 마음에 남는다.

이십 대의 여름.
그 반짝이는 계절을 지나
나는 지금, 여기에 있다.

반짝이는 여름의 조각

고해성사

반짝이는 것들은
나를 아프게 한다.

따가운 햇살 아래
유리 조각들을 밟고 있어도
날 아프게 하는 건
바로 너.

반짝이는 걸 사랑한 것도
죄가 되나요?
사랑하면 안 될 걸 사랑했다고
유리 조각이 말해준다.

삶과 살을 파고들고
나를 피 흘리게 한
꿈 같은 너, 그리고
반짝이는 모든 것들아.
나의 죄를 용서해다오.

반짝이는 내 인생

미리 다 써버린 여유로 인해 다급해지고

비슷한 일이 매일 나에게 반복되면서

간당간당하지만 무사히 넘어가는

순간들로 하여금

어느새 책도 내고 작은 전시라도 하면서

스스로를 작가라 부르는 게 어색하지 않은

그런 때도 왔어요...

강구했던 것들을 하나하나 찾아가며

그 시간들이 모이고 또 뭔가를 해나가는

내가 될 것만 같은 기대로 시작했던 거였쇼...

어쩌면 내 인생에서 반짝이는

순간들을 되돌려보면

모른 채로 계속 설레기만 했던

그때가 아니었을까?

하는 생각도 해봐요...

정성으로 심을 때를 기다리고

잘 자라나 주길 기다리고

맛있는 열매 맺기를 기다리는

그야말로 기다리는 일투성이인 일들이지만

다 때가 있는 거니까 하는 마음으로

한 걸음, 한 걸음 걸어가 보는 거예요...

반짝이는 별들처럼 반짝이진 않아도

어둠 속에 있다가 수줍은 듯 떠오른 낮달처럼

묵묵히 지켜내다 보면은

반짝이는 순간도 오지... 하면서

소망도 품어보고요...

지금 당장 눈에 보이지는 않지만

열심히 살아가는 나의 오늘이

반짝반짝 빛이 나기를 바라는 마음으로

멈추지 않고 천천히 걸어가면 좋겠다는

생각을 해보네요...

반짝이는 빛이 되어

밤하늘의 별들에게
간절한 소원을 담고
떨어지는 별들을 보면
가슴에 촛불을 켠다.

꺼지지 않는 마음이 없이
반짝이는 소망 되면 좋겠다.

붙였다가 떨어지는
포스트잇 한 장에도
바라는 마음을 다해
한자 두자 소망을 쓴다.

잊히는 마음도 없이
반짝이는 소원 되면 좋겠다.

반짝이던 별들도
떨어지면 빛을 잃고
간절했던 바람도
잊히면 길을 잃는다.

꺼트리지 않는 빛이 되어
잊지 않는 소원을 켜고
떨구어진 마음도 꺼내
반짝이는 순간 오면 좋겠다.

그렇지 그렇지 그랬지 하며

대학교 축제

나는 4년 동안 대학교에서 축제를 즐기며
정말 많은 가수를 봤다.
어릴 적 TV 화면으로만 보던 그들이
내 눈앞에서 캠퍼스 한복판 무대에 서 있다는 사실이
매번 믿기지 않았다.

친구들과 무대 맨 앞자리를 차지하려
수업 빠지고 줄을 서기도 했다.
햇살에 얼굴이 달아오르고 다리는 저렸지만
그 순간은 여름보다 뜨거웠다.
조명이 켜지고 음악이 울리고
가수의 첫 한마디에 모두가 환호성을 질렀다.
그 함성 속에 나도 있었고
그 열기 속에서 나도 살아있음을 느꼈다.

해가 바뀔수록 취향도 관심도 조금씩 달라졌지만
축제 무대 앞에서의 설렘만은 변하지 않았다.
누군가는 바빠서 누군가는 시들해져서
점점 줄어드는 인파 속에서도
나는 여전히 무대를 바라보며 가슴이 뛰었다.

가수의 노래를 따라 부르며
친구와 손을 맞잡고 춤을 추던 밤
비가 내려도 자리를 뜨지 않던 기억
빛나는 조명 아래 서로의 얼굴을 바라보며 웃던 순간들
그 모든 장면이 반짝였고
그 반짝임은 이제 내 청춘의 일부가 되었다.

어쩌면 가수보다 더 눈부셨던 건
그 순간을 함께했던 우리였는지도 모른다.
순간의 열정과 웃음 그리고 지금은 멀어진 친구들까지
모두가 하나의 노래처럼 마음속에 남아 있다.

이제 졸업을 해서

더는 캠퍼스에서 축제를 즐기지 못할지도 모르지만

나는 안다.

그 시절 내 마음을 가장 반짝이게 했던 계절

바로 '축제 시즌'이었다는 것을

반짝이는 별이 되었다

유난히 하늘이 맑았어
별 하나가 뚝,
내 마음처럼 떨어졌지

네가 떠난 후
밤하늘을
자주 올려다보게 됐어

어디쯤일까,
어느 별빛 속에 숨어 있을까

말도 없이
하늘의 가장 예쁜 별이 되어
내려다보는구나

네가 웃던 얼굴을 상상해
별빛 틈 사이로
그 미소가 또렷이 맺힐 때면
눈물이 먼저 흘러

네가 그리워서
네가 그리워서
밤하늘을 바라보다 짐이 들어

혹시 꿈속에서
네가 다시 다가올까 봐

____에게. ('__'에 자신의 이름을 넣어주세요.)

너는 반짝이는 윤슬 아래의

밝고도 어두운 너울이야

너는 천해처럼, 심해처럼

겉으로는 밝고, 속으로는 어두워

겉으로는 잘 지내고, 속으로는 힘들어하고

겉으로는 행복하고, 속으로는 희망을 잃고

겉으로는 웃고, 속으로는 우는 너.

____아(야).

굳이 밝게만 살지 않아도 돼

아플 때 울고 화내도

너의 윤슬은 여전히 너의 곁에 있어

빛은 언젠가는 비출 거니까

너를 숨기지 마

힘들 땐, 아플 땐 울고
행복이 찾아올 때 웃어 보여 줘

고생 많았어 ___아(야).

반짝이는 존재

반짝이면 반짝일수록 가치가 높아지고
반짝이면 반짝일수록 의미는 많아진다.

반짝이지 않아도 가치가 커질 수 있는지
반짝이지 않아도 의미가 많아질 수 있는지

우리는 항상 반짝이는 존재에 의문을 품지만
결국, 우리는 반짝이는 것에 위로를 받고,
동경하고 가까워지려 노력한다.

반짝거리는 별을 보며 하늘을 멀리 바라보고
반짝이는 바다를 보며 생각과 마음을 정리하고
반짝이는 빛을 보며 끝없이 무언가를 마주하고
반짝이는 사람을 보며 부러움과 현실에 부딪힌다.

반짝이는 것과 멀어질 수 없는 우리가
반짝이는 것에 안주하지 않을 수 있을까.

스스로가 반짝이지 않아도 괜찮다고 위로하는 우리
지만
사실 우리가 반짝이는 존재이기에 위로할 수 있는 것
이 아닐까.

반짝이는 것에 가치를 매기는 것도
반짝이는 것에 의미를 새기는 것도
반짝이고 있는 존재이기에 알 수 있고
반짝이고 있는 존재이기에 느낄 수 있다.

그러니 우리는 앞으로 반짝일 가능성이 아닌,
처음부터 반짝이고 있다.
그러니 우리는 자신의 반싹임을 살 닦아
하늘 아래서, 조명 아래서, 거울 안에서
각자의 반짝임을 마주하며 잘 품었으면 좋겠다.

어떠한 반짝임도 가치 없는 것은 없으니
스스로 더 소중히 여겨 주기를
조금은 더 좋아해 주기를
앞으로 더 많이 발전하기를.

반짝이는 너

시원한 바닷가에서는
반짝이는 물속으로 너를 빠뜨리고 싶고

어두운 밤하늘 아래에서는
반짝이는 별들 사이에서 사진으로 너를 찍고 싶고

뜨거운 태양 아래에서는
반짝이는 햇빛에 땀으로 젖은 너를 놀리고 싶다.

카메라를 들고 있으면
반짝이는 렌즈 안으로 너를 담고 싶고

요리하고 있으면
반짝이는 눈빛으로 나를 보는 네가 귀여워 보이고

사랑한다고 고백하면
반짝이는 마음으로 나를 안아주는 네가 사랑스럽다.

반짝이는 네가 있기에 내 안의 빛을 발견할 수 있었고
반짝이는 네가 있기에 내 안의 빛을 더 밝힐 수 있었다.

앞으로도 반짝이는 너와 함께
더 찬란하게 반짝일 하루를 보내고 싶다.

눈에 잘 보이지 않아도 충분히 반짝일 우리이기에
오늘도 우리는 반짝임을 함께 나누며 시작한다.

반짝이는 조약돌의 눈부심처럼

반짝이는 조약돌의 눈부심처럼
소리 내며 빛나보지, 아름답게.

반짝이는 조약돌의 눈부심처럼
눈감으며 숨 쉬어보자, 기억하게.

반짝이는 조약돌의 눈부심처럼
냄새 맡고 쉬어보자, 휴식하게.

반짝반짝, 반짝이는 너희들의 잎닐을
반짝이는 조약돌의 눈부심처럼
축복하게.

반짝반짝 반짝이는
마음에는 희망을 담아볼까?

반짝반짝 반짝이는 마음에는 희망을 담아볼까?
한 박자 쉬었다가 반짝이고,
두 박자 고민했다 반짝이며.

반짝반짝 반짝이는 마음에는 목표를 담아볼까?
한 걸음 쉬더라도 다시 한번,
두 걸음 내디뎌서 도전하게.

이런 마음들이 모여서 아마도
반짝반짝 반짝이는 것들이 만들어지는 것 아닐까?

이런저런 것들 모여서 아마도
반짝반짝 계속되게 그렇게 되어지는 것 아닐까?

가만히 또 조용히 또 반짝이기도 말이야.

아니면 또 크게도 또 반짝이기도 말이야.

그리고 또 소중히 또 반짝이기도 말이야.

변하지 않는 모습

눈부시게 반짝였던 순간이 있었습니다
아주 잠시였을 뿐이었지만
모든 것이 아름다워 보였습니다

그때로부터 지금은
시간이 조금 지났을 뿐일 텐데
무엇이 달라져 버린 것인지
아마 너무나 많은 것이
변해버렸기 때문일 테지요

하지만 그때부터 지금까지
변하지 않은 게 있습니다
단 한 가지뿐이지만
그건 지금까지 간직하고 있는

그 순간에 눈에 담았었던
그때의 기억입니다
빛나던 내가 아니라
나를 빛나게 해주었던
주변의 모습입니다.

반짝이는 우주

빨래가 걸린 빨랫줄 사이로 온 마당을 헤집고 뛰어다니던 시절, 그 시절엔 온 우주가 다 내 품에 들어온 것 같았다. 온 세상이 다 나에게로 와서 안기는 것 같았다. 몇 평 채 되지 않는 그 작은 마당이 나에겐 온 우주이고 꿈이었다. 그저 근심 걱정 없이 언제까지라도 마음껏 뛰놀고 싶었다.

어른이 된 지금, 이따금씩 가슴 한편에 묻혀있는 그때의 꿈을 꺼내보곤 한다. 근심 걱정 없는 날들도, 마음껏 뛰놀던 마당도 다 빛바랜 어린 시절의 이야기가 되었지만 여전히 내 마음속에는 반짝반짝 빛나고 있는 추억의 한 페이지이기에.

반짝 반짝 빛나는

강릉에 사는 사촌언니가 오랜만에 광주에 왔다. 같이 할 수 있는 게 뭐가 있을까 고민하다 유리공예 원데이 클래스를 같이 했다. 처음으로 유리공예를 배우며 썬캐쳐를 만들었고 빛을 통해 반짝이는 색색깔의 유리 매력에 금세 빠져들었다. 원데이 클래스를 듣고 같이 밥을 먹고 쇼핑을 하고 지극히 일상적인 시간을 보냈다.

다음날 볼일을 마친 언니는 강릉으로 돌아가기 위해 버스 터미널로 향했고 언니를 배웅하고 몇 시간이 지닌 후 언니로부터 연락이 왔다. 상릉에 올라가기 전 내가 유리공예를 매우 재밌어하는 걸 보며 재료비에 보태라고 용돈을 주고 오려고 했는데 주지 못해 돈을 보낸다는 내용이었다. 그 글을 읽는 순간 나도 모르게 가슴 깊은 곳에서 무언가가 솟구쳐 올라오는 것을 느끼며 눈물이 왈칵 쏟아졌다. 집 대출금 빚도 있고 아이도 키워야 하고 돈 들어갈 곳이 많은데 하는 생각이 들어 [나는 괜찮아. 언니 필요한 곳에 써]라고 답을 했다. 하지만 한사코 언니는 사양하며 용돈을 주려 했다. 전날 백화점에 갔을 때 니트 한 장을 사면서도 고민하며 자신에게 돈 쓰는 게 왠지 모르게 아깝다고 했던 언니의 말이 생각나 하염없이 눈물을 흘렸다.

[배우고 싶은 거 배우고 사진 좋아하니까 사진도 찍고 너한테 투자해] 이어지는 언니의 메시지에 눈물은 고장 난 수도꼭지처럼 연신 흘러내렸다.

[언니도 언니한테 투자하면서 살아. 건강할 때 여행도 다니고 하고 싶은 것도 하고] 언니는 알겠다고 대답하며 기어이 나에게 용돈을 보내주었다. 나를 생각해 주는 언니의 마음이 멀리서도 고스란히 전해지는 것 같아 언니와 함께 만들었던 유리 썬캐쳐를 볼 때마다 마음이 시큰거렸다. 언니의 마음이 빛을 통과한 유리처럼 내 방 창가에서 반짝반짝 빛나고 있었다.

별들의 속삭임

반짝이는 별들의 속삭임이
밤하늘 끝에서 살랑이며
살포시 내려앉아.

별빛이 밝혀주는 투명한 감성은
마치 촉촉한 호수 위에 밀려온 달빛처럼
내 마음 구석구석을 부드럽게 물들이고
네 이름 세 글자만으로도 세상이 환해져

숨 고르듯 버서오는 너의 숨결 위로
은빛 모래알 같은 설렘들이 춤을 추고
별 무리 사이로 흘러간 비밀스러운 약속이
조용히 귀 끝에서 따뜻한 노래가 돼

아직 서툰 손길이지만 놓치지 않으려
가장 눈부신 것을 한가득 담아
네 머리맡에 다시 한번 조심히 내려놔
혹시 꿈속에서 나를 반짝이며 불러줄까 봐

불현듯 마음이 덜컥 흔들릴 때면
반짝이는 별들의 속삭임을 떠올려
네 미소 한 조각이
내 가슴을 두드려
심장이 너로 선명히 뛰기 시작해

가끔은 눈물이 맺혀 하늘이 젖어도
별빛이 밝혀주는 길 위를 함께 걷자
네 손을 꼭 잡고 귓가에 속삭일게,
언제나 너의 밤을 빛으로 채워줄게.

그리고 먼동이 틀 새벽이 오면
아직 식지 않은 별빛을 두 손에 담아
너의 하루 앞에 살포시 놓아둘 거야
오늘도, 내일도, 설렘이 너를 비추길 바라며.

여덟 가지 반짝이는 여름의 조각들

1. 유리병 속의 햇살

아침 일곱 시, 창문 너머로

쏟아지는 금빛 실들이

먼지 입자들과 춤을 춘다

공기 중에 떠다니는 작은 별들처럼

할머니의 유리병에 담긴

매실청이 햇살을 머금고

투명한 꿈을 키운다

시간이 발효되는 소리가 들린다

그 병 안에서 여름이 익어간다

달콤함과 신선함 사이에서

기다림의 무게를 배우며

7월의 약속을 지켜내고 있다

2. 물방울의 기억
수돗가에서 찬물로 얼굴을 씻을 때
볼을 타고 흐르는 투명한 구슬들
각각이 하나의 렌즈가 되어
세상을 거꾸로 비춘다
어린 시절 분수대 앞에서
무지개를 잡으려 했던 손길들
물줄기 사이로 스며든 웃음소리가
아직도 공기 중에 남아있다
비 온 후 나뭇잎 끝에 매달린
작은 지구본들
바람이 불면 떨어져
땅 위에서 새로운 씨앗이 된다

3. 매미 소리의 층위
오후 두 시, 느티나무 그늘 아래
매미들의 합창이 시작된다
각자의 리듬으로 울어대면서도
하나의 교향곡을 완성해 간다
그 소리는 파도처럼 밀려와

귓속 깊은 곳에 자리 잡는다
열기와 함께 흘러내리는
여름의 가장 진실한 언어
나무껍질에 남겨진 빈 껍데기들
투명한 유령처럼 달라붙어
변화의 흔적을 증명한다
새로움을 위해 버린 옛 자신들

4. 아스팔트 위의 신기루
뜨거운 도로 위에서 피어오르는
열기의 춤사위
공기가 물결치며 만들어내는
환상의 호수
그 속에서 반짝이는 것들
자동차의 유리창, 신호등의 렌즈
상점 간판의 네온사인까지
모든 것이 꿈처럼 일렁인다
발밑의 아스팔트가 부드러워지고
신발 밑창에 들러붙는 여름
걸을 때마다 남기는 발자국

곧 사라질 임시적인 흔적들

5. 저녁노을의 파편들
하루가 저물어가는 시간
서쪽 하늘이 불타오른다
주황과 분홍, 보랏빛이 뒤섞여
거대한 수채화를 그려낸다
구름 사이로 스며든 빛줄기들이
도시의 유리창들을 점화시킨다
각각의 창문이 작은 태양이 되어
거리를 황금빛으로 물들인다
저녁 바람에 흩날리는
치맛자락, 머리카락, 나뭇잎들
모든 것이 춤추듯 움직이며
하루의 마지막 인사를 건넨다

6. 밤하늘의 보석함
어둠이 내린 후에야 보이는 것들
가로등 불빛 사이로 깜빡이는
별들의 속삭임

도시의 소음 위로 떨어지는 고요
에어컨 실외기에서 흘러나오는
차가운 물방울들이
보도블록 위에서 작은 연못을 만든다
그 안에 비친 네온사인의 조각들
누군가의 창문에서 새어 나오는
따뜻한 노란 불빛
그 안에서 벌어지는 일상의 이야기들
각각이 하나의 우주를 담고 있다

7. 기억의 만화경
여름이 지나간 자리에 남은 것들
선풍기 날개에 쌓인 먼지
빨랫줄에 널린 하얀 티셔츠
물병에 남은 마지막 한 모금
사진 속에 갇힌 순간들
웃고 있는 얼굴들, 손을 흔드는 모습
시간이 멈춘 그 한 장면 안에서
영원히 여름을 살아가는 사람들
그 모든 조각들이 모여

하나의 이야기가 된다
반짝이며 사라져가는
찬란했던 계절의 기록

8. 새로운 시작

내일이면 또 다른 여름이 올 것이다
같은 듯 다르고, 다른 듯 같은
새로운 빛의 파편들을 가지고
우리 앞에 펼쳐질 것이다
그때까지 간직해두자
이 반짝이는 순간들을
가슴 깊은 곳에 숨겨둔
작은 태양처럼
언젠가 추운 겨울날
그 빛들을 꺼내어
다시 한번 따뜻해질
그날을 위해서

여름은 지나가지만
그 빛은 영원히
우리 안에 머물러
계절을 초월한
반짝임으로 남는다

반짝이는 건.

밤하늘에 별이 묻히듯
고요한 마음 위로 스며드는
작은 빛 하나, 반짝임 하나,
그 속에 담겨있는 수천 가지의 이야기.

햇살은 창가에 스며들고
물방울은 잎새 끝에 매달려서
세상에서 가장 아름다운 모습으로 자신을 반짝인다.

고요히 스며드는 빛
반짝이는 건
다만 스며드는 존재로 감사한 것,
그 순간을 기억하는 것이다.

더운 여름날,
엄마의 미숫가루에 담긴 사랑

서른여덟, 내 안의 윤슬, 아직 빛나는

마흔을 2년 앞둔 지금, 나는 이 질문을 던져본다.
나의 인생에서 윤슬(潤瑟)은 무엇일까?

물결 위에 반짝이는 햇살이 참 좋다. 움직임에 따라서
빛이 달라지는 것도 좋다. 그래서 윤슬을 좋아한다.
문득, 내 인생에서 윤슬은 무엇일까?라는 물음을 던
져 보았다.

새벽 6시, 알람이 울리기 전에 먼저 눈을 뜬다. 옆에
서 새근새근 자는 4살 우리 아이의 평화로운 얼굴을
바라보며 하루를 시작한다. 이 조용한 순간이 나에게
는 첫 번째 윤슬이다. 아직 세상이 깨어나기 전, 엄마

로서의 나와 나 자신으로서의 나가 만나는 고요한 시간. 이 찰나의 평온함 속에서 오늘 하루를 어떻게 보낼지, 어떤 마음으로 아이를 대할지 다짐해 본다.

서른여덟, 1인 사업가이자 워킹맘인 나의 일상은 윤슬과 닮아있다. 잠깐 반짝이다가 사라지는 순간들의 연속이지만, 그 하나하나가 모여 내 삶의 전체를 이룬다. 아침에 아이가 "엄마, 오늘도 같이 놀아줄 거야?"라고 물을 때, 그 맑은 눈망울에서 피어나는 기대감이 윤슬이다. 일을 하느라 바쁜 와중에도 "응, 엄마가 일 끝나면 같이 놀자"라고 약속하며, 그 약속을 지키기 위해 더욱 집중해서 일하는 나를 발견한다.

하루 종일 컴퓨터 앞에 앉아 사업을 키워가는 일은 때로 외롭고 막막하다. 꿈을 향해 매일을 보내고 있다고는 하지만, 정말 이 길이 맞는지 확신이 서지 않을 때가 많다. 특히 아이가 "엄마는 왜 집에 있으면서도 나랑 안 놀아? 오늘도 컴퓨터 할거야?"라고 할 때면, 마음 한켠이 무너지는 것 같다. 하지만 그런 순간에도 윤슬은 찾아온다. 아이가 내 옆에 와서 조용히 그림을 그리거나, 내가 일하는 모습을 신기하게 바라보며 "엄마, 겸이가 도와줄까?"라고 말할 때의 그 순간들 말이다.

점심시간, 아이와 함께 먹는 간단한 식사 시간이 나에게는 하루 중 가장 소중한 윤슬 중 하나다. "엄마, 이거 맛있어. 엄마가 만든 거야?"라고 묻는 아이에게 "응, 엄마가 우리 겸이 생각하면서 만들었어"라고 답하는 순간. 그때 아이의 환한 미소와 "엄마, 감동이야. 사랑해"라는 말이 내 마음속에 작은 파도를 일으킨다. 이런 순간들이 쌓여서 내가 왜 이렇게 바쁜 일상을 살아가는지, 무엇을 위해 꿈을 좇고 있는지 다시 깨닫게 된다.

오후가 되면 본격적으로 사업에 몰두한다. 고객과의 미팅, 새로운 프로젝트 기획, 마케팅, 브랜딩 전략 수립까지, 할 일은 산더미 같다. 그런데 이상하게도 아이가 옆에서 놀고 있을 때 더 집중이 잘 된다. 아이의 재잘거리는 소리, 블록을 쌓는 소리, 혼자 노래를 부르는 소리가 배경음악이 되어 오히려 나를 더욱 차분하게 만든다. 이런 일상의 소음들 속에서 찾는 집중의 순간들도 나만의 윤슬이다.

가끔 일이 잘 풀리지 않아 스트레스를 받을 때가 있다. 생각만큼 성과가 나오지 않거나, 새로운 고객을 찾기 어려울 때면 '내가 과연 잘하고 있는 걸까?'라는 의구심이 든다. 그럴 때마다 아이가 나의 윤슬이 되어 준다.

"엄마, 왜 슬퍼? 내가 뽀뽀해 줄게"라며 다가와 내 볼에 작은 입술을 댈 때, 그 따뜻함이 마음속 어두운 구름을 걷어낸다. 아이 덕분에 나는 다시 일어설 수 있고, 내일을 향해 한 걸음 더 나아갈 용기를 얻는다.

저녁 시간, 아이와 함께하는 목욕 시간은 하루 중 가장 즐거운 윤슬의 시간이다. 욕조에 몸을 담그고 있는 아이가 "엄마, 물이 반짝반짝해"라고 말하며 손으로 물을 퍼 올릴 때, 정말로 물방울들이 욕실 조명을 받아 작은 다이아몬드처럼 반짝인다. 그 순간 나는 깨닫는다. 윤슬은 거창한 곳에 있는 것이 아니라, 바로 이런 평범한 일상에 숨어있다는 것을. 아이와 함께 웃고, 함께 놀고, 함께 꿈꾸는 이 모든 순간이 내 인생의 윤슬이라는 것을.

잠자리에 들기 전, 아이에게 책을 읽어주는 시간이 있다. "엄마, 오늘도 책 읽어줘"라고 말하며 내 품에 안기는 아이. 그 작은 몸의 온기와 함께 들려오는 규칙적인 숨소리를 들으며, 나는 오늘 하루를 되돌아본다. 비록 완벽하지는 않았지만, 아이와 함께 보낸 이 하루가 얼마나 소중한지 새삼 느낀다. 아이가 잠들 때까지 머리를 쓰다듬어주며, 내일은 더 좋은 엄마가 되겠고, 더 나은 하루를 보내겠다고 다짐한다.

아이가 완전히 잠든 후, 나만의 시간이 시작된다. 차 한 잔을 마시며 오늘의 일을 정리하고 내일의 계획을 세운다. 조용한 밤, 창문 너머로 보이는 가로등 불빛들이 마치 도시의 윤슬처럼 반짝인다. 이 시간에 나는 생각한다. 내가 정말 아이에게 많은 것을 해주고 있는지, 좋은 엄마가 되고 있는지. 때로는 부족함을 느끼지만, 그럼에도 불구하고 매일 최선을 다하려는 나의 마음 자체가 아이에게 전해지기를 바란다.

워킹맘으로서의 일상은 쉽지 않다. 일과 육아, 꿈과 현실 사이에서 균형을 잡아가는 것은 하루하루가 도 전이다. 하지만 그 과정에서 발견하는 작은 기쁨들, 아이와 함께 만들어가는 소중한 추억들, 꿈을 향해 한 걸음씩 나아가는 성취감들이 모두 나의 윤슬이 되어 준다. 완벽하지 않아도 괜찮다. 윤슬도 완벽한 것이 아니라 찰나의 반짝임일 뿐이니까.

아이에게 해주고 싶은 것들은 너무나 많다. 넓은 세상 을 보여주고 싶고, 다양한 경험을 하게 해주고 싶고, 무엇보다 사랑받고 있다는 확신을 주고 싶다. 하지만 가장 중요한 것은 거창한 무언가가 아니라, 지금 이 순간 아이와 함께 있을 때 온전히 집중하는 것이라는 걸 알게 되었다. 아이가 말을 걸 때 고개를 돌려 눈을 맞추고, 아이의 작은 성취를 함께 기뻐하고, 아이가 힘들어할 때 따뜻하게 안아주는 것. 이런 일상의 소중 함이 아이에게는 가장 큰 선물이 될 것이다.

서른여덟 살, 마흔을 2년 앞둔 지금의 나는 여전히 완성되지 않은 존재다. 매일 배우고, 매일 성장하고, 매일 새로운 도전을 마주한다. 때로는 지치고 힘들지만, 아이와 함께하는 이 여정 속에서 찾는 윤슬들이 나를 다시 일으켜 세운다. 1인 사업가로서의 꿈도, 엄마의 역할도, 모두 내 인생의 중요한 부분이다. 이 모든 것들이 조화롭게 어우러져 만들어내는 나만의 윤슬을 찾아가는 것, 그것이 지금 내가 걸어가고 있는 길이다.

물결 위에서 반짝이는 윤슬처럼, 내 일상의 작은 순간들도 저마다의 빛을 발하며 반짝인다. 아이와 함께 웃는 순간, 일에서 작은 성과를 이뤄냈을 때의 뿌듯함, 하루를 잘 마무리했을 때의 안도감까지. 이 모든 것들이 모여 내 인생의 아름다운 윤슬을 만들어낸다. 그리고 나는 알고 있다. 이 윤슬들이 아이에게도 전해져, 언젠가 아이만의 특별한 윤슬을 만들어낼 수 있도록 도와주리라는 것을. 그것이 바로 내가 아이에게 해줄 수 있는 가장 소중한 선물일 것이다.

10대의 반짝임

고백이란 무엇이었을까. 이제 와 돌이켜보면, 그것은 찬란했지만 아직 여물지 않은 감정의 조각들을 더듬어 나를 발견하는 여정이었다. 입술 위에서 수없이 망설였던 "너를 좋아해"라는 말은, 표면적으로는 '너'를 향했지만 실은 내 안에서 처음으로 반짝이기 시작한, 이름 모를 감정의 첫 목격이었다. 타인을 향한 속삭임이라 믿었던 그 말들이, 사실은 미완성의 나 자신에게 건네는 가장 비밀스러운 인정이었음을 깨닫기까지는, 10대 특유의 예민한 더듬거림이 필요했다.

중학교 2학년, 같은 학교였지만 마주칠 일 없던 그 아이와 옆 반이 된 것은 사소한 우연이었다. 복도에서 스치는 무수한 얼굴 중 하나, 교정을 채우는 평범한 풍경의 일부. 나는 강압에 못 이겨 참여한 방과후학교 수업의 무료함 속에서 아직 다듬어지지 않은 원석처럼 시간을 보내고 있었고, 그 아이는 언제나처럼 성실한 학생이었다. 늘 교실 중앙에 앉아 선생님들의 총애를 한 몸에 받는 듯했던 그 아이는, 나와는 다른 세상에서 이미 완성된 빛을 내는 존재처럼 보였다.

그러던 어느 봄이 지난 초여름 오후였다. 그날따라 그 아이는 창가 자리에 앉아 있었다. 지루한 수업 시간, 무심코 기지개를 켜다 창가에 앉은 그 아이를 보았다. 늦은 오후, 기울어진 햇살이 창문을 넘어 액체처럼, 아니, 녹아내린 금가루처럼 교실 안으로 쏟아져 내리고 있었다. 바로 그때였다.

빛은 그 아이를 중심으로 부서지며 마치 수만 개의 반짝이는 벚꽃잎으로 화하는 듯했다. 현실이라고는 믿기 어려운, 꿈결 같은 광경이었다. 빛으로 된 무수한 벚꽃잎들이, 혹은 잘게 부서진 별 조각들이 그 아이의 머리 위로, 어깨 위로 사르르 내려앉으며 영롱한 춤을 추었다. 창밖에서 불어온 미풍에 커튼이 살짝 흔들릴 때마다, 빛의 입자들은 더욱 생생하게 아롱거리며 그 아이를 온전히 감싸안았다. 순간, 교실의 소음과 선생님의 목소리가 아득히 멀어지고, 세상이 잠시 숨을 멈춘 듯 고요한 정적이 감돌았다. 그 아이 주변의 공기는 다른 시간 속에 존재하는 듯 맑고 투명하게 반짝였다. 햇빛이 그 아이의 머릿결을 따라 흐르고, 그 틈새로 떠다니는 먼지마저도 금빛 가루처럼 흩날리며 황홀한 배경이 되어 주었다. 그 아이는 마치 현실 너머 어딘가에서 잠시 내려온, 아직 세상의 때가 묻지 않은 순수한 존재처럼, 고요하고 신비로운 빛에 휩싸여 있었다. 밤색 눈동자가 햇살을 받아 보석처럼 반짝이는 그 찰나의 순간을, 나는 한 조각의 빛으로, 영원히 간직하고픈 10대의 반짝임으로 마음에 새겼다.

그날 이후, 그 아이는 무심했던 배경에 또렷한 등장인물로, 이내 주인공으로 변해 있었다. 햇빛 아래 꾸벅꾸벅 졸던 모습, 책을 읽을 때 습관처럼 오른쪽 귀 뒤로 머리카락을 넘기던 하얗고 가는 손가락의 반짝이는 움직임, 친구들 앞에서 웃을 때 가늘게 접히며 별처럼 빛나던 눈매까지. 스쳐 지나갔던 모든 순간들이 갑자기 특별한 의미를 가지고, 저마다의 반짝임을 머금고 다가왔다. 특히 책을 읽을 때면 어김없이 나타나던 그 무심한 손짓은, 마치 시간이 느려지며 반짝이는 필름처럼 가슴 한편에 아련하게 남았다. 왜 그 평범한 동작이 그토록 예쁘게, 어떤 보석보다 더 빛나 보였는지, 지금도 명확히 설명할 길은 없다. 어쩌면 10대의 반짝임이란 본래 그런 것인지도 모른다. 설명할 수 없지만, 그 자체로 온전히 느껴지는 아름다운 무언가.

그날 이후 방과 후 시간이면 나는 창을 통해 바깥을 바라보는 듯했지만, 유리창에 비친 모습은 그 아이였다. 오래된 교실의 형광등 불빛은 대부분의 학생들에게는 그저 창백하고 무심한 조명에 불과했지만, 유독 그 아이에게만은 달랐다. 유독 그 아이의 머리 위에서는 중세 성화 속 성인들의 후광처럼 부드럽고 은은한 빛의 테를 만들며 반짝였다. 하얀빛의 원이 머리를 감싸고, 은은한 빛줄기가 어깨로 흘러내리는 모습은 마치 천상의 존재를 비추는 헤일로 같았다. 세상의 모든 빛이, 심지어 낡은 형광등마저 오직 그 아이만을 위해 빛을 밝히며 반짝이는 듯했다.

그 눈부신 착각 속에서, 나의 중학교 2학년 봄날은 그렇게 설익었지만 강렬한, 10대 만의 반짝임으로 가득 채워지고 있었다. 그것은 완성되지 않았기에 무한한 가능성을 품은, 그래서 더욱 애틋하고 아름다운 빛이었다.

별이 흐르는 밤

.

가장 많을 별을 마주하며
밤나나 별은 꽃이 된다
흐르는 시간을
만개한 꽃으로 만들어

스스로 빛을 내며
시간을 묶어
반짝인다

흐르는 시간은
어둠의 시간을 품고

고된 세상 속에 드러나는
시간의 얼굴은

찬란한 빛의 궤적과

내 마음의 메아리로 선명하게 그려져

내딛는 한 걸음 한 걸음의 길에

올려다본 깊고 푸른 밤하늘에

수많은 별이

나를 위해 빛나고 있었다

행복 나비

나비는 팔랑팔랑
따뜻한 햇살 받은 꽃잎 위에 살포시
행복도 팔랑팔랑
내 마음 예쁜 곳에 살포시

살랑이는 바람에
사뿐한 날갯짓으로
반짝이며 날아와

너는 내게 웃어보라고
행복으로 손짓하며
살랑살랑 팔랑 팔랑
사뿐히 나를 찾아온다

내 마음 예쁘게 물들이고
내 곁에 오래오래 머물러

행복 나비는
내 하루를 꽃처럼 물들이고
내 삶을 아름다운 순간들로 물들인다

내 삶을 환하게 비추어 반짝이며

다시 반짝이는 나에게

이른 아침 비 온 뒤에 러닝은 왠지 기분이 좋고 상쾌한 느낌이었다. 열심히 달리면서 나뭇잎에 몽글몽글 맺혀있는 물방울의 반짝임을 보니 순간 기분이 좋아졌다.

때마침 헤드셋에서 흘러나오는 황가람의 '나는 반딧불'이란노래의 가사가 내 마음을 움직였다. 가사 중에

'나는 내가 빛나는 별인 줄 알았어요. 한 번도 의심한 적 없었죠. 몰랐어요. 난 내가 벌레라는 것을 그래도 괜찮아 난 눈부시니깐... 놀랐어요 난 내가 개똥벌레 라는 것을 그래도 괜찮아 나는 빛날 테니까'

난 그동안 괜찮은 줄 알았고 잘살고 있는 줄 알았다. 아무것도 아니다 생각했지만 많은 일을 겪으면서 모

든 걸 내려놓게 되었다. 어느 순간 점점 빛을 잃어가고 있었다.

저 나뭇잎의 맺힌 물방울처럼 깨끗하고 반짝이는 느낌이 없었다. 점점 생기를 잃어가고 하루하루 살아내는 게 목적이자 목표였다.

무엇을 잘못한 걸까? 잘 살고 있는 걸까? 하루에도 몇 번씩 던졌던 질문들 과연 난 잘 살고 있는 걸까?

초등학교 때는 학폭과 왕따로 인한 어두움이 자리 잡고 생기라고는 찾아볼 수 없는 그런 시절을 보냈고 중학교 때는 조금씩 생기를 찾으려고 노력했고, 고등학교 때는 조금씩 나에게 빛이 생겨 반짝이기 시작했다. 많은 친구들도 생기고 공부도 집중하게 되고 진로도 결정하게 되어 목표를 갖고 좀 더 앞으로 나갈 수 있는 그런 사람이 되어가고 있었다.

대학교에 와서는 20대의 반짝임이 존재하기 시작하고 내가 원하는 일 배우는 거에 행복감을 느끼고 살게 되었다.

26살 어린 나이에 신랑을 만나서 결혼이라는 걸 하게

되었다.

한참 빛나야 하는 20대 결혼하자마자 아프신 시어머니를 모시게 되었다. 어린 나이에 무슨 패기였는지 모르겠지만 내가 잘 모실 수 있을 거라고 생각을 했다. 아프신 어머니를 모시는 건 결코 쉬운 선택은 아니었다.

어떻게 돌봐야 드려야 할지 모르고 어머니는 나를 힘들지 않게 하시기 위해 노력을 많이 해주셨지만, 오히려 어머니의 노력이 부담되었다. 더 잘해야 할 거 같고 어머니를 더 힘들지 않게 하는 게 맞는 거였지만 너무 어린 나이에 시집을 가니 할 줄 아는 게 별로 없었다.

나에게는 20대는 적응의 기간, 30대는 아픔의 기간, 40대는 우울의 기간 지금 40대 초반이지만 30대의 아픔이 40대까지 넘어오면서 삶과 죽음을 싸우게 했다. 몸의 아픔보다 정신적 마음의 아픔은 몸의 아픔보다 두세 배가 더 힘들고 아팠다. 내가 이겨낸다고 해서 이겨낼 수 없는 부분이 너무 많았고 나는 점차 빛을 잃어갔다 언제 나의 인생에서 반짝임이 있었을까? 빛나 보인 적이 있었을까? 고민과 고민을 해봤지만 없었던 거 같다.

남들이 봤을 때는 잘살고 있고 저만하면 괜찮은 삶이라고, 생각할 수도 있다. 하지만 겉으로 보이는 삶과 깊이 들어가 본 속의 삶은 전혀 다를 수밖에 없다. 지금까지 내가 살 수 있었던 건 부모님, 신랑, 내 친구 은아, 그리고 우리 어머니 덕분에 버티고 살 수 있었던 거 같다. 무한적인 사랑을 주는 부모님과 내가 무엇을 해도 받아주고 다독여주는 신랑, 돌아가시기 전까지 내 걱정만 하시던 우리 어머니, 나를 두 번이나 구해준 내 친구 은아 몇 번씩이나 포기하고 싶을 때 내 손을 잡아준 친구 덕분에 이렇게 살고 있다.

심한 번아웃도 겪고 우울증에 공황장애까지 정말 숨을 쉬고 싶어도 쉬어지지 않고 물속 안에 있는 기분 가슴은 너무 답답하고 24시간 심장이 벌렁거리고 집 밖으로 나갈 수도 사람을 만날 수도 없던 4개월이란 시간 약을 먹어도 부작용으로 더 힘든 자연치유밖에

답이 없고 스스로 치유하는 법을 깨닫고 스스로 이겨낼 수밖에 없는 상황이었다. 그러다 이러고 있으면 아예 집이라는 동굴에서 나갈 수 없을 거 같아서 다시 밖에 발을 내디뎌 보기로 했다.

겁도 나고 무서웠지만 이렇게 고립돼서 사는 게 더 두려웠다. 정말로 안 좋은 생각을 하게 될 거 같기에 집 밖으로 나왔다. 막상 밖으로 나오니 좋긴 좋았다. 원래 성격이 사람들 만나는 거 좋아하고 배우는 것을 좋아했다. 그런 걸 못 하니 더 힘들었다. 한 발짝 나오니 조금은 숨이 쉬어지는 거 같았다.

뭐라도 배워볼까 고민하다가 예전부터 배우고 싶었던 요양보호사 자격증을 따기 위해 학원에 다니기 시작했다.
공부하면서 알 수 없는 감정이 들었다. 진작에 배울 걸 배웠으면 우리 어머니 좀 더 편안하게 모시지 않았을까? 후회와 반성 그리고 책임감, 기대감 등의 알 수 없는 감정들이 생겼다.

배우면서 부모님이 너무 생각이 났고 어머니에게는 잘 못 해 드렸지만, 부모님은 좀 더 편하게 모실 수 있을 거라는 기대감에 너무 재미있게 배웠다. 그러면서 나의 목표가 생겼다. 사회복지사라는 꿈이 생겼다.

좀 더 반짝이면서 빛나는 내가 되어가는 거 같아서 너무 행복했다. 애정을 쏟고 그 애정에서 받는 에너지가 너무 행복감이 되었다. 누군가에게는 나의 도움과 손길이 필요하고 도와줄 수 있는 사명감이 나에게는 좋은 시너지 효과가 되어 돌아왔다. 40대는 반짝반짝 빛나는 내가 되었으면 좋겠다.

반짝이는

여름 계곡에
반짝이는 물결들
그 물결에 비친 나의 모습 나의 세월들

도랑 만들듯이
차근차근 쌓아온 나의 세월들

때론 힘들고 거칠던 세월들
그 세월을 견뎌서 이겨내서
결국 이 자리에 서 있는 자들

죽어서 보면
우리의 세월을 먹으면

분명
반짝이는 수박의 달콤한 맛과
반짝이는 아이스크림의 단맛
반짝이는 주스의 신맛이 어울려

분명
우리의 세월에 반짝이는 맛을 줄 거다
그러니 오늘도 반짝이는 세월을 위해서

건배

그 사이의, 반짝임

그 사이의, 반짝임

우리는 아무 말 없이 걷고 있었지
노을은 천천히 식고 있었고
길가의 풀잎엔 빛이 매달려 있었어

그때 네가 나를 보며 웃었어
햇살보다 따뜻한 눈빛으로

그 순간,
세상에 빛나는 건
별도, 불꽃도 아니었어

그건 너였고
우리가 함께 있던 그 시간이었어

지금도 문득
그 여름을 떠올리면
내 마음 한구석이
조용히
반짝인다

호수

Ctrl + C

Ctrl + V

하늘이

되고 픈 호수가

언제

하늘 모르게 붙여 넣기 했다

마음들킬까

오늘따라 윤슬이 더 반짝인다

모래알의 연주

사르락
사르락

때론 힘차게
때론 부드럽게

한결같은
모래알 연주

반짝이는 모래알처럼
내 꿈도 반짝반짝 빛나라고

힘들면
처음부터 다시 시작하라는
탁자 위
모래시계

반짝이는 시선

시선을 머물게 한다는 건
숨겨진 마음이 반짝이고 있다는 것

시선이 머무는 자리라는 건
보이지 않는 서로의 이야기가 반짝이고 있다는 것

용기는 바라보는 나의 시선을 반짝이게 해준다
당당함만이 용기일까
때로는 침묵하고 인정하는 낮은 마음이
용기가 되이 반짝인다

아직 피우지 않은 내일을 두렵다 하기 전에
오늘까지 피워낸 내 인생 꽃을 생각하며
포기하고 싶을 때마다 한 번 더 당당하게 일어설 용
기를 내자

세상의 시선에 휘청거리지 않으며
가지치기하지 못한 나를 미워하지 말자

타인을 판단하는 높은 곳에서 내려와
나를 돌아보며 어려움 앞에서 내 마음의 눈높이를 낮추자

그 모습 그대로 그렇다고 인정해주는 반짝이는 시선이
다시 내게로 돌아와 나를 빛나게 한다

누군가를 사랑하기 위해 나를 지우는 게 아니라
나의 쓴 뿌리를 인정하며 안아주고 용납하는 무게를 갖자

상처로 얼룩진 틈새마다
괜찮다
그럴 수 있다
충분히 잘하고 있다
들솟은 마음 다독이며
모든 아픔이 약재료가 될 것이라 단단해지자

오늘도 반짝이는 시선이 눈부시다

나를 향해

너를 향해

우리를 향해

해

나는 모두를 비출 수 있소.
내가 없는 세상은 상상도 할 수 없소.

그대 또한 나의 힘으로 반짝이는구려.
나는 세상과, 또 그대를 담는 그릇이오.

허나, 나는 그대가 부럽소.
스스로 빛을 내지 못하는 그대가 부럽소.

모두를 밝혀주지만
정작 누구의 눈에도 담기지 않지.
그대는 나의 빛을 입었건만
모든 이가 그대를 바라보는구려.

나는 그대가 부럽소.

어둠 속에서 벗들과 함께 반짝이는,

그대가 참으로 부럽소.

작디작은 반짝임이지만...

세상에는 '반짝이는 것들'이 참 많다. 햇살 아래 쏟아 지는 빛, 도시의 야경, 쇼윈도에 진열된 보석, 누군가 의 눈부신 성공, 수많은 박수를 받는 삶.

사람들은 흔히 그런 반짝임을 좇는다. 크고 화려하며 누구나 알아볼 수 있는 빛.
SNS 인플루언서들의 피드 속, 스포트라이트 아래, 박 수 소리 사이에 있는 반짝임.
나도 한때 그런 줄만 알았다. '반짝인다'는 건 특별해 야 하고, 남들과 달라야 하며,
누구에게든 눈에 띄어야 가능한 일이라고 믿었다. 하 지만 살다 보면 알게 된다.
진짜 반짝임은, 그런 자극적인 조명 속에서가 아니라 삶의 아주 평범한 순간 속에서 피어난다는 것을. 그 반짝임은 오히려 조용하고, 작고, 쉽게 스쳐 지나갈

수 있는 것이다. 그러나 한번 마음을 두면, 도저히 눈을 뗄 수 없는 그런 반짝임. 그 반짝임이 작은 모래 알갱이일지라도.

나는 긴 시간 동안 그 '진짜 반짝임'을 모르고 살았다. 누군가의 엄마로, 아내로, 딸로, 직장인으로 살아오면서 늘 무언가를 해내야 한다는 압박 속에 나를 놓치곤 했다.
아이들이 아플 때, 남편이 지칠 때, 부모님이 연로해질 때 나는 언제나 나보다 그들을 먼저 돌봤고 그 와중에 '나는 누구인가'라는 질문은 바쁜 일상 속에 자연스럽게 묻혀버렸다.

그러던 어느 날, 새벽.
모든 소음이 멈춘 시간.
커피 한 잔을 내려놓고 창밖을 바라보던 그 순간,
내 안 깊은 곳에서 아주 작고 조용한 소리가 들렸다.

"너는 지금, 네 인생의 길 위에 어디쯤 와 있니?"
나는 그 질문 앞에서 한동안 아무 말도 할 수 없었다.

그저 고개를 떨군 채, 눈물이 났다.

무엇이 부족했는지, 무엇이 허전했는지, 나는 그제야 알 수 있었다. 그날 이후 나는 '반짝임'에 대해 다시 생각하게 되었다.

반짝임은 반드시 화려할 필요가 없다. 누군가의 시선을 끌지 않아도 된다.

그저 스스로에게 진실한 순간, 그 안에서 반짝임은 생긴다.

나는 그걸 '윤슬'이라는 말에서 배웠다.

햇빛이나 달빛이 잔잔한 물결 위에 부딪히며 생기는, 소리 없는 반짝임.

누구도 그것을 보려 애쓰지 않지만, 고요히 바라보는 사람에겐 영원히 잊히지 않을 빛.

윤슬은 거센 물 위에서는 나타나지 않는다. 바람이 지나가고, 파도가 잦아든 뒤에야 비로소 그 모습을 드러낸다.

삶도 그렇다.

힘든 날들이 지나고, 온갖 감정의 소용돌이가 가라앉

은 뒤 문득 들여다본 내 안의 마음이 고요할 때 비로소 나는 나를 볼 수 있었다.

그리고 그 속에서 나는 반짝이기 시작했다. 누군가에게 보여주기 위한 것이 아니라,
스스로를 다시 껴안기 위한 빛이었다. '반짝인다'는 건 어떤 상태가 아니라, 어떤 태도이다.
남보다 나아야 반짝이는 것이 아니라, 어제의 나보다 조금 더 진실해졌을 때 조금 더 고요해졌을 때 그 순간 나는 반짝일 수 있다.

요즘 나는 작은 것들에 반짝임을 느낀다. 아이가 "엄마 사랑해"라며 안겨 오는 순간, 책 한 권을 읽고 나서 오래도록 마음이 울리는 밤 누군가에게 작은 글을 건네고 "위로가 되었다"는 말을 들을 때, 혼자만의 시간에 조용히 눈을 감고 나를 돌아볼 수 있을 때.

이 모든 것이 나에겐 '반짝이는 순간'이다.
겉으론 아무 일도 없는 날들이지만 그 속에서 나는 매일매일 조금씩, 더 깊고 단단하게 빛나고 있다. 우

리는 모두 빛날 수 있는 존재다. 누구는 커다란 무대 위에서, 누구는 아주 조용한 삶 속에서. 누군가가 만든 기준에서 벗어나 '내가 어떻게 반짝이고 싶은가'를 묻는다면 나의 대답은 분명하다.

나는 조용히, 그러나 분명히 반짝이는 사람이 되고 싶다. 내 글 속에서, 나의 하루 속에서

소리 없이 스며드는 따뜻한 빛이 되고 싶다. 누군가에게 위로가 되는 말 한 줄, 기억에 남는 눈빛 하나로도 충분하다.

나는 이제 남들이 알아보는 빛보다 내가 알아보는 나의 반짝임을 더 소중히 여긴다.

그리고 오늘도, 고요한 마음 위에 하루라는 햇살이 스쳐 간다. 그 위에서 나는, 조용히 반짝인다.

반짝인다는 건, 살아 있다는 증거다. 내가 여전히 느끼고, 바라보고, 지켜내고 있다는 것.

그것만으로도 우리는 충분히 빛나고 있다. 그러니 오늘도 나 자신에게 말해주고 싶다.

"괜찮아.

지금 이 순간도,

너는 충분히 반짝이고 있어."

넌 네게

난 너의 반짝이는
눈동자에 반했는지도 모른다

반짝이는 입술에
고운 말투에

넌 행동 하나하나 섬세하고
생각 하나하나가 보석처럼 반짝여

난 널 보석이라 부르고 싶어
내게만 반짝이는 너

오늘도 밤하늘을 바라본다
유난히 반짝이는 널 찾는지도
널 그리고 있는지도

눈동자

사랑한다 말하는 순간에도
행복하다 말해주는 순간에도
다정히 안아주는 순간에도
언제나 눈빛이 반짝였다

우주처럼 까만 눈동자가
세상 밝게 빛나고 있고
반짝이는 눈동자는
온통 나로 가득했다

온기가 느껴지고
사랑이 느껴진다
당신의 눈동자는

반짝이는 말

반짝이는 말
고맙다는 말

미안하다는 말보다
좋아하는 고맙다는 말

이제 모든 순간을 미안해하지 말고
고마워해야지

모든 순간이 반짝이는 순간이 될 수 있도록

포레스트 웨일 공동 작가

반짝이는 여름의 조각

초판 1쇄 발행 2025년 06월 09일
초판 1쇄 인쇄 2025년 06월 09일

지은이	명랑소녀 | 이겸 | 꿈꾸는 쟁이 | MOLee | 서연 | 헬리아
	전갈마녀[조해원] | 삼육오이사 | 장순혁 | 강단교 | 소연 | 바지사자
	글그림 | 김예빈 | 백현기 | 다희 | 임만옥 | 윤서현 | 김미영 | 조현민
	이연화 | 주변인 | 김감귤 | 이상현 | 류광현 | 동네과학쌤 | 안세진
	lilylove | 여성예 | 이새은 | 최이서 | 장하율 | 다래 | 전우리 | 신윤호
	한민진 | 사랑의 빛 | 윤슬인 | 오은총 | 박지연 | 김채림(수풀)
	강대진 | 닌자토깽이 | 루시아(혜린) | 지은경 | 김은경 | 김종이
	윤현정 | 문병열

표지 그림	다망 @art.damang
디자인	포레스트 웨일
펴낸이	포레스트 웨일
펴낸곳	포레스트 웨일
출판등록	제2021-000014 호
주소	충청남도 아산시 탕정면 용머리길 40 유니콘101 216호
전자우편	forestwhalepublish@naver.com

종이책	979-11-94741-25-1
전자책	979-11-94741-24-4

작가님들과 함께 성장하는 출판사
포레스트 웨일입니다.
작가님들의 소중한 원고를 받고 있습니다.
forestwhalepublish@naver.com